# 佳　讯

王任叔　著

泰山出版社 · 济南 ·

**图书在版编目（CIP）数据**

佳讯 / 王任叔著. -- 济南：泰山出版社，2024.
10. --（中国近现代名家短篇小说精选）. -- ISBN 978
-7-5519-0902-0

Ⅰ．Ⅰ246.7

中国国家版本馆CIP数据核字第2024W83M25号

JIAXUN

# 佳讯

**责任编辑**　徐甲第
**装帧设计**　路渊源

**出版发行**　泰山出版社

　　社　　　址　济南市泺源大街2号　邮编　250014
　　电　　　话　综　合　部（0531）82023579　82022566
　　　　　　　　出版业务部（0531）82025510　82020455
　　网　　　址　www.tscbs.com
　　电子信箱　tscbs@sohu.com
**印　　刷**　山东通达印刷有限公司
**成品尺寸**　140 mm×210 mm　32开
**印　　张**　6.5
**字　　数**　130千字
**版　　次**　2024年12月第1版
**印　　次**　2024年12月第1次印刷
**标准书号**　ISBN 978-7-5519-0902-0
**定　　价**　32.00元

# 凡　例

一、本书收录了作者的经典短篇小说，主要展现了作者的思想情感、审美取向与价值观念，以及当时的时代风貌等。

二、将作品改为简体横排，以适应当代的阅读习惯。原文存在标点不明、段落不分等不便于阅读之处，编者酌情予以调整。

三、作品尽量依照原作，以保持原作风格及其时代韵味，同时根据需要，对原文进行了适当的删减和订正。

四、对有些当时惯用的文字，如"的""地""得""作""做""哪""那""化钱""记帐"等，仍多遵照旧用。

# 目　录

失掉了枪枝　001

回　家　027

恋爱神圣主义曲　052

向　晚　069

额角运与断眉运　099

自　杀　136

佳　讯　177

# 失掉了枪枝

右耳边飕地掠过一阵警告似的风；接着，肩膀上扑的袭来一下拍击，回头瞧，一条粗黑的走油的手，伸了过来，紧紧地握住我的右手。

"老屈！哈，你可还不曾死！俺现在，倒失掉了枪枝。"

我皱了皱眉，仔细地对这粗黑的人瞧了瞧——一脸的欢快的热情。然而，再瞧瞧自己这套灰色法兰绒西装，肩坎上一个齐齐整整五指直伸的黑手印。

"……"

我呿着嘴，一个沉默。人准会在我的眼光里瞧出我那一份讨厌的神情。可是这黑手黑脸穿着件上油的蓝套衫裤的呆家伙，却还涎着一脸的怪笑，老握住我的手不放：

"老屈，你别装呆，你以为俺不认得你；俺全记得——你那一副清秀的脸，鹰鼻子，三角眼，全跟先前一样。虽然你那脸蛋儿，现在稍稍白嫩了一点。"

看来，我没法摆脱了。这傻家伙确实也有点儿面善，可是记不起谁是谁了。凭良心说，我此刻真的叫不出他那名字来。

"哈，你总不该忘记了吧！咱们同过患难——咱们是，嗳，俺就给你报个名，俺是神枪手柳英！"

"哦，哦！是你吗？老柳！"

我马上故意转过笑脸来。右手臂儿用些力，反握似的紧了一紧，也同样用左手拊住老柳的肩膀，也装作挺热情、欢快。可是我心头一阵冷水流过，发了一身毛。凭良心说，我实在讨厌他！真是交了什么华盖运，到今儿个还在这船上碰见他。

"哈，老屈，真想不到，今天咱们还得在这儿见面！这是老天爷作成了俺，唔——俺可不相信老天爷啦！俺说，咱们全还年轻，锅里不见碗里见，只要咱们不死，咱们还是有碰面的，咱们——以后。但今儿俺见到你，俺可乐得要死！俺刚才一跳上甲板，把水龙管子往那船舷上冲洗，俺一瞧到你那后影，俺就料准这是老屈呀！可是怎么这样阔气呀！这是俺眼儿尖，一点儿也不会瞧错，越瞧越像，越瞧越记起你那一耸一耸的两个肩膀儿，一副壁削的后脑袋，这还会有点儿错？俺高兴得飞起来，就猛虎扑食那么个给你一唬，瞧瞧你认得俺不？……"

真是一连串的迫击炮！全不料向来沉默的富有土地的忧郁气息的农民老柳，今儿个会变得那么热情和跳跃。

"哈哈……"

我仰过腰去，发出一阵干燥的笑，自己听起来，仿佛跟毒太阳下干木头的发裂声差不离。可是我这一俯仰之间，那只被握住的右手，倒给摔脱了。我深深地松了口气，马上堆下脸来，又是一个沉默。

"老柳，老柳！快来洗地板。"

一个尖锐的叫声送了过来。老柳耸了耸肩，"哈"的泄出一声笑，接着，又伸长脖子，往左边一望，"哦，来了"答应了一声。再递过一条粗黑的走油的手来，我畏葸地伸过手去，他接住，紧紧地一握。

"哈，老屈，你住在哪个房间，请你告诉俺！俺一有空，就来看你，咱们得谈一谈呀！"

"咱们——唔！是的，咱住在官舱十二号。"

"官舱! ——好，那么再会。"

他说了后，一翻身走了，连头也不回。他那身上油的蓝套衫裤，贴背的一条纽缝一开一歙地露出一条破烂的白体里汗衫影子来。臂和脚的挥动，全像机器上的调带，有劲，结实，活泼！但我还免不了讨厌他。

船靠九江码头并着，赴九江的船客们全上了岸。因为要候潮和起货，船就得在这里过六七个钟头。水手们就全跳到甲板上来洗濯。我自然是为了房间里待得气闷，想看看九江的风景，到船边上来，谁又知道碰见了六年前的"下等朋友"，真是华盖运又临上门。

老柳们正在那一头纷纷乱乱洗濯甲板、船舷。老柳自己活泼得像一匹松鼠，一会儿爬到船舷外去，一会儿跳回甲板上。拿着水龙管子往船边船外冲洗。嘴里各自嚼着一套粗野的骂人口语，但也有唱着《四季相思》歌的。老柳可不唱也不叽叽，只把住水龙头浇水。也不知是水龙头把不定，也不知是有意的，那水流竟像飞弹似的浇在同事们身上。被浇的同事满头是水地大叫起来。接着，那人提过一桶水来，也装作无心似的泼了他一脚。老柳哈哈大笑，满不在乎的，又把水龙头向一切人扫水。

我瞧了这情景，心头一阵冷。这粗野的人，全不想想我和他地位的不同，居然会用粗黑的走油的手来欢迎我，惹得我一身肮脏。他们玩的这么高兴，说不定也会把水龙头一横，扫射到我身上来。这一套叫人吃苦头，算作够朋友的粗野的手法，我可还不够领教吗？这么的，我就像一匹胆怯的乌龟似的，缩手缩脚地回到洞穴里去。

我坐在官舱里。十二号的官舱正在靠九江那一边。下舱脚夫们驮货时的"耶许"声，浪潮似的打进舱里来。舱里虽然有三个铺位，但只有我一个搭客。也不知是搭客不景气，也不知道是账房宽待我官老爷，叫我独自一个儿，净待在一个舱里。其实，如果账房真的作后一份打算，那无疑是错的；为什么不叫我跟单身旅行的太太或是女学生之类搭一个房间呢？别的野心是没的，至少旅途的寂寞是可以减少了。现在，这浪潮似的苦力们的"耶许"声，占住了这空堂堂的一室，压没了我，叫我没法透气。

一会儿，"耶许"声里又夹杂些沙沙的冲水声。这冲水声，仿佛是从三台格上落下来的。我仰躺在床上，翘起半个身子。突然，那对窗的船柱上挂下一个人身来。

一身上油的蓝套衫裤。唔，还是那个老柳。这回，可真像一条猴子，活泼，灵敏，且显得快乐！他从船柱上一卸下，就在船舷站住，仿佛在擦船柱子。我连忙转身向里，免他瞧到。可是心里一阵酸。——怎的，今儿个我会受到那么个粗野人的压迫了呢？

我马上又自个儿责备起来了。我做人就太老实了一点。刚才为什么告诉了他房间号数呢，还不够受他的麻烦吗？固然，这次承长官指派我到汉口去巡视，也因我做人老实，得长官信用。但我一生吃亏处，也就在于太过老实，以前的朋友，一听到我做了官，都一个个飞函告急，要为他们那一副肚子打算，我也老实把汇票一张一张寄出去。弄得我现在做了五年官，还背上一身债，这么想来，正给时人所谓"无官一身轻"挑到子眼儿了。

我真有点伤心！

但是——这时突然在我脑袋里又钻出个古怪想头——这一回老柳可不会向我借钱吧！要是他真的要擎出这张支票——论起过去交情——来，咱可借不借给他呢？这一来，我觉得人生就灰暗起来了。

论交情，自然我跟老柳也不算不厚。那时，正是北伐胜利的时候，沿长江流域各个小县份里全设起农民协会来。我是在自己县里当县党部农民部长，农民协会自然得由我管辖。那时为了闹阔气，摆威风，县农民协会里也备过几支枪。这神枪手老柳，就算是个头儿。咱们每次下乡去，总带着他一起赶路。真个是风餐露宿的生活，咱们可没叹一声苦。虽然从老柳的身上，常常可闻到些土地的忧郁的气息；但镇定、沉着，遇事慎重、认真——那一副精神，却也可在老柳那一副结实的肩膀上看去。此外他又有跟我同样的一副老实的心肠。那时，他对我，正和我现在对长官一样的忠实殷勤。

有时，咱们走过乡下一条小溪，或是一丛竹林，我就对老柳说：

"嗳，老柳，你倒试试你枪法看！把这条鱼打中来。"

"唔！"老柳应了一声，就卸下枪来（老柳那时不大说话，老是"唔唔""唔唔"地发响，真像一匹泥沼里打滚的猪），推正了枪膛子，循着我手指儿指去。瞄准那条鱼，轰的一枪，鱼打了几个旋，翻过白肚子，浮上来了，且还不止一条。老柳褪下裤，下溪去。把那半活的，死的，打晕的鱼，一齐捉了上来。同时，从溪滩里拔了条野席草，打腮巴子穿过嘴，成串地穿了。

但这还不算稀罕。他打竹林里的斑鸠，才叫人要发半天呆哩。夜晚时候所有的鸠儿全飞进竹林来，整晚带着农民性的忧郁，苦呀苦地叫，老柳欢喜听这声音。我们只要一走过这种地方，便总要给我安排一块大石头，叫我歇一歇，自己闪进竹林去。一会儿，他的叱咤声起来了，一会儿扑喇喇的斑鸠的飞声起来了，一会儿，老柳的枪声响了，"轰"的一下，又是沙的一声，仿佛有人从半空中抛下一件蓑衣似的。……这么的过了半个钟头，你准可瞧到老柳会肩着一枪杆子的斑鸠来。——决没有失手落空的时候。

每碰到这样一个晚上，县党部里就有一顿痛痛快快的聚餐。自然也有老柳他一份。咱们胡天胡地的喝酒谈天，什么形迹都不拘，老柳可老待在一边，不大喝，也不大说话。仿佛是咱们叫来的堂差，又斯文，又忠诚，但又笨拙，老闪着两条线似的眼。这么的，咱们就跟老柳揶揄起来，且还送他一个"神枪手"的绰号。老柳一听到这绰号，他那危岩似的紧绷绷的脸儿在酒杯边浮出笑来了，仿佛皇帝临到加冕，又庄严，又高兴。过后，他跟你报起名来，也要把这"神枪手"三字连上了。

青年人做事就缺少一分稳重。凭良心说，我们那时的行动确是过火的。我呢，是个老实人，向来没有什么主张跟意见。"干"是我的全个人格。"要怎样干？"那可不关我事。"要这样干"，那我是完全秉承国家的意志的。

不久以后，我便在国家的面前，痛切地忏悔了我所有的过失。我就装着生大病，要到外码头找医生，跟别的同志和老柳分手了。总算国家念令我老实，我也一帆顺风到了今日的地步。但老柳怎的抛掉了他那土地的忧郁的气息到这里来当水手了呢？

这个疑问，叫我颇想去接近老柳探询一个究竟。但同时他刚才那一份太过响亮的神气又叫我不敢再去接近他。何况他过着那种辛苦的生活，要向我借钱是无疑的。那么只有让自己躲在这舱子里，老不露脸，也许他不至于真的寻上门来吧！

听听门外冲洗声已经消失了，我爬起床来，把酱黄色的窗帘拉拢，且还紧紧地关上门，打开手提包，把一个银行折子，放到床下皮箱底层去，把两本支票簿跟一叠钞票夹在皮箱衣服里，这才给皮箱的皮带抽紧，下了三道锁。手提包里就只剩几元零星的票子。于是我才放下心来，长长地吐了一口气，再开了门，撩起窗帘，但这一切措施，也无非是老实人的打算罢了。我是并没有别的存心的。

我胆怯怯地抱着颗颤抖的心，把一切的忧郁打发在《啼笑姻缘》的阅读上。这样子挨过了六七个钟头，已经是傍晚时分，船开始启碇了。这就叫我放下心来。一着呢，兜卖的小贩可不再往你房间里抛进一个贼眼来；二着呢，那舱外的小船上耸着的一条条长竹竿子上的小布袋可不用摇呀摇地晃眼；同时那一种"如丧考妣"的求乞声，也可以不听到了。这叫人屯在房子里，准有一会儿的清静跟舒服。但凭良心说，船开了，顶叫我快乐的，还是老柳将给工作吊住，不会再来看我缠绕我那一桩事。

　　两脚跟船同时启了碇，在这房间里踱了起来，且还不时去摸一摸横在上面空床里的手提包，嘴里嚯嚯地吹起肉哨子，吹的是《桃花江》的曲调。

　　这么的踱呀踱的有半个钟头，突然门外起了一阵敲门声。可是不等我回说"进来"，那门便呀地打开了。还是一身蓝色套衫裤，可已没些儿黑斑点，是换上一套新的了。老柳昂然进来。

　　"呃！你不曾吹牛皮，老屈！真个屯在官舱里，独自一个儿吗？没带太太，这真爽荡。俺就爱那么个光杆儿过！老屈，可还是俺同志，不曾娶个把女人。"

他越说得酣畅，我就越像天雷打，哑着嘴老半晌的没说半句话。老柳也不待我请坐，就一屁股懒在长凳上，像只狡猾的老猫，碧绿着眼儿。真奇怪，这家伙！以前他是方茶盘似的扁形脸，上面安着两条线缝似的眼睛，在站岗的时候，就像一根电线木头，沉着、呆滞，永远不会用眼珠子看人的。现在可不那样了。难道这带有土地的忧郁气息一去掉后，连两只眼睛也会张大的吗？

我没说话，但为尽主人的一份礼，嘴上总算还搁上一痕笑——干燥的苦笑。

"抽烟吗？"他说着，从叉手袋里撩出一盒大英牌，递了一支过来。

"不，我不抽烟！"我装作温和地说着。

"吓！俺可学会了抽烟！这可见出俺进步了哪！是不是？"他说着，打亮了火柴嗤各嗤各抽起来。同时，左腿交上右腿，索索地抖着。两手交盘在胸前。我慢慢儿坐下床去。

"但这可还不稀罕，俺也学会打牌，学会撩女人。老屈，你真是个好人，俺看你可没些儿改变。好人，一等的好人。不过呢，这些事也不能算我缺德，只要活得有意义，俺是全无所谓的！——不过呢，你也许以为俺可惜，一个神枪手现在可没了枪枝，哈哈哈哈！"

粗犷的笑声。

"人不一定靠枪枝过活的，没有鸡肉吃野鸡风味可也不错哇！"

我脱口地说。连自己也料不到，我竟会说出那种卑鄙龌龊的话来。我几乎疑惑说这话的是别一个人，不是自己。难道在老柳这一份粗野的人格的照映下，我也给带得粗野起来了！

"哈哈哈哈！好说，好说！俺的确不可惜！俺觉得小事马虎些没干系，大事要把得准——要挣扎个意义出来。"

老柳笑得挺干脆。我点点头，表示赞同他意思。但凭良心说，我还是讨厌他的。他那一副开襟露胸的坦白情怀，全想把咱们的交情拉到六年以前去，没分个高下彼此，这一种幼稚的流氓精神，我是顶讨厌的。我想打发他走，我说：

"那么你在这里工作，你准得把船上事做个合份儿来。——此刻你可没事吗？别为咱耽误了！"

"啥！"他抽完了一支烟，刷的给丢到痰盂里去，站了起来，两手插入叉手袋里，八字式地站住，"你这人真老实得可爱！一开船，水手们就很少事做啦，这个板眼你可还不懂！俺劝你，别老捧住书本子呆念，那是没用的。人就得跟世界学——呃，你要学一学吗？要是你不怕肮脏，俺准招待你到咱们舱里去看看，同喝杯酒，仔细谈一谈——怎么样？——可是——呃！我忘记问起你了。你这一趟——可是往汉口教书去？"

老柳的话并不是说的，是滚出来的；从东滚到西，忽然又滚到我身份的估量上来。凭良心说，我是个老实人，我不愿撒谎，但我也不愿说出我现在的地位。一说出现在的地位，现在的老柳是会厚着脸皮向我要钱的。我就唯唯否否地唔了两声。

"唔唔！"

"那么好，咱们走，俺打先，你可别客气，俺做东道主！"

他说着就动身，两步跨出了门外。我不好意思推却，因为我是个老实人。从手提包里探出五张一元票子，放在衣袋内，跟着出去了。走出了饭厅，走过了房舱的夹弄。搭客跟茶房们全向我投过惊奇的眼光来，这一回，我是作成了老柳。像老柳那样一个人居然也有像我这种的高等朋友。从此将奠定了老柳在船上的地位了。老柳将翘起大拇指，拍着胸脯说：俺那朋友……

但一下了梯，走在下舱，下舱里那些黑手黑脚的人可漠然看过了我们这不自然的结合。这毋宁说对我是一种侮辱。

水手房是跟伙夫房隔壁的，在船的后梢头。船外的天空已经阴沉沉的。这里简直成了黑暗的世界。人一跳进黑暗的世界，准会想起报纸上社会新闻栏里登载着的那些谋杀抢劫的黑暗故事，正如到广州去一下白鹅潭坐在划子上看结实的大腿结实的肩膀——那摇船的船娘们，会想起《水浒》上梁山泊里那批英雄好汉来。我这时直怀疑到老柳邀请的意思。

幸而不久小舱里亮了电灯，我才吐了口气。

这小舱犹如一只大布鞋，是一头尖的。鞋壁两边高高低低构着床铺——真是白鸽笼。床铺上烂堆着东西。水手们有的坐在高床上挂着两脚在抽烟，有的竖起两脚仰卧着，有的坐在板箱上。赤着膊的，露着大腿的，乱吐着痰的……全没些儿礼貌。

"这位是俺老朋友屈先生！"

老柳一引进我就向他们朋友介绍。那些粗野的水手，爱理不理地或是拖出一抹笑或是点点头。睡在角嘴上那个水手，似乎还在低笑声中夹着一句"屈死鬼"。自然，对于这轻蔑我也只好大意放过了。

老柳拖过一条板凳，叫我靠着一张方桌坐。老柳要我经验经验人生。难道这里就是人生吗？这发着霉烂的臭气，阴暗而潮湿的洞穴，可就是人生之王国？这土拨鼠似的黑手黑脚的人们，又各带着一副枯暗的或者苍老的脸，可就是人生的归结吗？当然不是的，老柳无非是借个口，趁机会向我请求那个的。那自然我也不好拒绝他，回头五元是可以打发的。

老柳对一个学徒吩咐了些什么，就靠近我，跟我谈起天来。我一边听着老柳的话，一边总仿佛感到这所有水手的眼睛都向我身上泄水似的注来。可是一待我回头往四边一看，他们还是睡他们的，坐他们的；抽他们的烟，干他们自己的事。但这决不能证明他们不在看我，不过我一回头，他们全都收回眼去罢了。

"……是呀！俺一提起，手又发痒起来了。"老柳说着，拍一拍桌子。我突然给他惊醒过来，这才听清他的话。"俺巴望能找回一杆来！俺使了二十来年枪，俺能忘得了这滋味儿吗？一点也忘不了，虽然那枪全是为别人使的时候多。"

老柳说着说着，那副绿炯炯的眼睛重又小下去了。成了一条线了，瞧不出位置了。显然，他是沉在繁重的回想里。人活到二十岁，是不会想到过去的，但一活到三十开外，就很容易会给回想的美丽所屈服，老柳虽然自称结实，这一份心我是料得挺准确的。但是谈呀谈的，先前老柳吩咐过的那个小伙子，竟提着酒跟花生米之类来了。

我很想马上离开那里，我说：

"老柳，你别客气，我已吃过了晚饭，不再喝酒了。"

"那打什么紧！"老柳把花生米、五香豆腐干、卫生牛肉干……摊了一桌面。一壁又端过粗杯子，斟上一杯酒，硬要我喝。"今儿个咱们难得见面，咱们该痛痛快快喝几杯，痛痛快快谈一谈，可不是吗，这个年头儿，人口是顶脆不过的，咱们那时一起的，老张、老王，年纪轻轻的全死掉了。老唐说是到外国去了，还有呢……呃！俺瞧你在皱眉头，那么俺就不说吧！你顶欢喜听俺讲枪枝，俺就——就给你讲讲枪枝的故事……"

没法，我只好端过杯来，喝了一口。老柳边喝边说，可还看我。是的，道不同不相为谋，那时不过一伙儿混上了，后来大家翻了脸，我为什么还要听那些人的消息呢。老柳这回可聪明了，虽然他那时未必知道我们怎么个在暗地里翻脸，此刻他却在我眉头上读出我的厌憎神情来了。

"好的，好的。你倒讲讲你枪枝的故事看。"我说。实际上，我何尝要听他那一套故事？污浊的山谷里能长出好花来吗？这粗野家伙的胸头哪里会有美丽的故事？我不过顺水推船，只要他不提起老唐那些人，讲什么都好。

"吓！真个说起来，有什么鸟故事。"老柳已经喝下两杯酒，量本来是窄的，这一回，他又抽起烟来了。两肘挂在桌上，两手捧住两个腮巴子，一支烟叼在他嘴唇边，跟着说话的启阖，上呀下地动。"不过，俺欢喜使枪枝，从小就使起，直使了二十多年了。俺就爱想那些事。"老柳的眼又合拢去了。

这时仿佛有几个水手打从我身边掠过。虽然他们是各自为政地干自个儿事去，我总以为他们对我全怀着不好的意思，分明咱和他们间穿着就不同啦！

"那么想些什么呢？"我下意识地说着，又下意识地回头去瞧。

"你想，这叫人怎不想呢？俺六七岁的时候，就跟着爸爸上山猎麂去啦！也许俺年轻，不知道什么，可是那时日子真过得快乐。老整天，俺不曾瞧到爸爸脸上皱过眉。一到冬天里，鹅毛似的大雪下了三潮，咱们村边山头，全戴上一身孝，不论松呀、竹呀，也全挺不起腰来了。整个的山谷，总有比往常三倍的亮，亮得半空里冒白烟。这白烟，冷森森的，像柄剑的光，直刺人心里。可是爸爸心里乐了，乐得开开眉头来。

"咱们就是这么的约好了左邻右舍，伯叔子侄们，唤齐了老黑老白——那狗子们，上山猎麂去了。"

老柳说到这里，仿佛庆祝胜利似的，咕噜噜地喝上一杯酒。同时，把烧残的烟蒂丢了。

"那真个是太平世界呀！——这生活多快乐！"我也喝一口酒。毕竟我是老实人，一颗老实的心，竟给老柳打动了。

"但那时咱们使的，只是鸟枪，不是'德国快五''十三太保'——全不是。本来呢，也不过是玩玩的，干么要使'快五''十三'呢？

"咱们到了山上，一个岗位一个岗位地站了起来。俺爸爸料得挺准，小麂儿从哪一窠林里出来，准会跑过哪一岗，再转到哪个岗去。——人就是那么分布开来。各个岗位你我都可以望到，空着时，大伙儿还招呼搭腔。只有领狗侦山的人，在谷呀岗的跑，边跑边唤，这么的'呵！——呔呵！——呔！'侦了半个钟头，准会有狗声叫了起来。狗一发腔，那就叫每个站岗的人紧张起来啦。爸爸霍地从坐着的石头上站起来，把刚才在抽着的旱烟袋掐了烟灰，横捎在肚褡上，把起枪来定定地站住。可是狗呜呜地叫了一会儿，突然哦哦地发狂高叫了。跟着这叫声，你准可瞧到一只麂儿，黄花背儿的，从雪堆里霍地跳了出来，跳在半空，像一只能腾云驾雾的妖怪，差不离可飞三丈路。然后落下平地上，跳呀跃地，一溜烟地跑去。那时候所有的狗，全一齐叫起来，紧紧跟着追，侦山的人'呔——呔——'叫得更起劲，鼓励狗子的勇气。可是狗子常常会失落。因为山麂挺聪明，故意在山谷中打了几个旋，叫狗子们嗅不出它的去路。乱了埭！但人比麂子更聪明，静待着你来，一下子给你一枪，叫你没法躲避。就是你抽身得早，也不让你往上跑。压迫你往下走，叫你在白茫茫的平原里，迷了路，又没些儿遮拦，完结你性命！

"想起来，这分傻劲儿真叫人够寻味。自然咯，咱们那么个干法，咱们是屯在无所谓的年头里，无所谓地玩玩。啊！这无所谓地玩玩，才叫人快乐哪，是不是？"

老柳又抽起第二支烟沉默下来了，我仿佛从他烟雾里闻到了一种土地的忧郁的气息。无疑的，他在这沉默里，是在追悼美丽的童时的消逝了。可是老柳这无所谓的哲学，倒是渗透了人生的血肉的。

"俺就这么个人，从小爱玩起枪枝来的，到了十四五岁那时候，俺莫说在冬天里猎麂，俺还在春天头独自一个儿往竹林里、松林里、水塘边打鸟。可是俺使的还是鸟枪。

"二十多岁那时候，世界来了个变动。真怪，哪来的土匪，角角落落有他们脚迹！风声那么紧。早上才听到哪一村烧了几进高房子，晚上又听到哪一村害了谁家大少爷，掠去了财物牛马无数。这叫人真的想不透，人跟人之间，哪来那么个大怨仇。你也许说，全是钱作怪！是的，钱作怪，可别怪上人性命！这里面有个道理，咱们总得想透来。——可是俺这时，不想提明这道理。俺说，那时候，俺是恨透了土匪的，虽然明知道土匪不会光降到俺家来。

"就在那一晚，隔村里来了十三个土匪，一个钟头里，掠去了十六个男子。也有有钱的，也有没裤子遮屁股的。咱们听了这消息，村里财主某某，发下自卫快五枪，叫咱们去守夜，还说什么要办民团啦。

"那可怪谁。咱们要平安，咱们要在土地上下种，要在山头上打猎，可是土匪给咱们这平安生活闹翻了。民团就民团吧。五元钱一月工钱，不算少。夜夜抱着杆枪枝——快五枪，到村头山上去放哨。天冷，夜长，霜花飞，露水从脚跟潮起。咱们抱着枪枝索索地发抖，咱们还得往远看。枭鸟叫，山风吹，叶落涧水流……直叫咱们又从心窝里冷出来。可是咱们还得瞪着眼往远看。冷风吹来，眼毛上结了白网，拿手去揉，一手的冰屑。汗毛直竖起来，结成一根根小冰柱子……咱们这么的熬着夜，累了，就把稻草盖住身子，抱着枪枝睡。直到太阳高出两丈远，咱们可还醒不过来。草上的霜冰化了水，直漏到身上，身子全给打湿透了，直冷醒了俺。摸摸枪枝，可给俺抱得火热的！"

老柳这时，已经不知喝上几杯。我也有点听得入神，也斟呀酌地喝上劲来，一边还不时地剥吃着花生米。我觉得老柳经过的人生味道，是跟这花生米味道差不多的，又干脆，又香甜。也许那时候，老柳本人却做了烤牛肉干，咸辣辣的。但我这么想时，心里突然又钻出了古怪的想头来：我无论如何不应该喝他的酒，吃他的花生米，现在老柳要是真向自己开口，自己又怎么推捱！

"咱爱'快五枪''十三太保'，这么干，一点也不怨！俺那时还跟人家赛打靶子，俺可没个儿错发的。可是一到第二年发下饷来，除去民团人丁捐，还要倒赔上一元一月。这才叫人生气！爸老了，一气就气个死。但别人家都是那么个捱的，俺老柳又想什么古怪！决不，一点不。俺就留下一份田给弟弟，把自己一份卖了，葬了老人家，赔了钱，还买得一杆德国套筒快五来。人全说俺老柳发疯，自个儿买得快五来干嘛使。俺笑笑，不说什么。自己有主见！俺爱枪枝，俺要自己有一杆枪枝，俺要随自己意思使！打猎，打靶子！你别说，俺打靶子，是对中了谁，算作发气。不，俺绝没那个心思！俺爱打就打。也许泄气是实在。

"呵……那以后，不久，真的不久，只五六年，你们来了！哈哈哈！你真是好人，你跟我说了许多许多，你叫我知道一切！你……啊！老屈，我感谢你。……"

老柳霍然站起来了。左脚踏在板凳上，右手向我肩上拍来。左手高高地擎了杯子。一脸的欢快，热情，嘎哑地接下去说：

"俺感谢你，俺喝这一杯！"他咕噜噜地喝了一大杯，"你那时是多阔大，可爱。你英勇，你能干，你聪明，你知道许多，你教了俺许多，你极像匹精壮的千里马，挥着蹄子，扬起泥土，一溜烟地跑，跑，跑！拼命地跑！你敢说敢为，你叫我更爱枪枝。你叫俺神枪手。你教我懂得每个子弹在怎么个情形下发……可是，怎的，一会儿你说生大病了，走得无影无踪了！俺全猜不透，可是一等俺猜透……哈哈！咱们莫说这个，这个全像梦。俺一闭眼睛，这梦就掉下来了，俺睁开眼睛，这梦又飞去了，飞去了——飞到九千里外去了，俺就这么的失掉了枪枝啦！谁又料今儿个，俺在这里碰到您！"

碰啦啦一声，柳英把拳头打在桌子上了，我吃了一惊，知道事情是没有好结果了。要是这回他手里有枝枪，子弹怕向我发了吧！其实老柳是始终误解我的。我是个老实人，但我决没有像老柳说的那么英雄能干。说老柳是个神枪手，那么我不过是一个传声大筒。谁能否认传声筒的老实呢？它的使命就是给说话人的声音扩大来——扩大来，可没得丝毫改变。因此，我才得到汉口来，但柳英决没有理由来惩罚我。我可没教过他吃烟，喝酒，撩女人！柳英现在这个狂妄，没有了土地的忧郁的气息，也不是我教坏的。这一切，我都不负责任。我就趁这当儿站了起来：

"啊，你真说得一套好故事。这叫作枪枝的三个时期。——好，现在酒也喝够了，我要回去了。"

老柳一把拉住我的手，仿佛一股三千年前积下来的热情（也许是仇怨）没处发泄，手像弦子似的发抖，脸烧得发火！

"不，不，咱们还得谈一会——谈一会。你说呀，你这向过的是什么生活，您到汉口是不是教书去——我看你生活很舒适，你是不是中了航空奖券………"

果然不出我所料，这一回老柳一定说出真意来了。我探手到衣袋里去探出了五元钞票，不待他说完，就送到他手上去。

"我没干什么——我没干什么，不过一点小差使，米粒那么大的小差使。——这个，是小意思，请你收了吧！我知道你意思，我知道你意思，我不能多多帮助你，我只能救救你的急……"

老柳立时不作声了。堆下脸来，发着呆，瞧瞧他手中的钞票，再瞧瞧我的脸，显出莫名其妙的神情。其实，我是知道他的，一定嫌我给的钱少了。凭良心说，我实在也没有多少钱，要不然何用他说，我也能多帮助他些的。

"真的，老柳，我实在也是没法。"我接着解释给他听，"我要帮助的朋友多，我实在没有多的钱，要不然，我是可以——可以——不过，你嫌我少，你不收，那是你不够朋友了，我看，你还是收了吧？正如你说过：咱们都还年轻，锅里不见碗里见，咱们总有碰面的时候，咱们——以后，如其我得发，我一定也给你弄个小差使——小差使……"

我说着，便如漏网的犯人似的快步地走出舱来。待了半晌的老柳这一回想来是从这一舱子的同事们的高笑声中醒了过来，飞步出舱，追住了我；

"老屈，你误会了！俺不短钱用。俺怎么白受你这钱！活了三十来年，没有一文钱不是用力气兑来的。俺不用谁的白钱！请你收了去。——你以为俺想枪枝想死了，叫俺再去买一杆吗？可是这够什么数！哈！……"他把钱放进我袋里，放声大笑起来。我心里一阵高兴，本来已经落在别人手里的东西，居然又物归故主，这可多快乐啊！

他笑完了后，直起腰来拍一拍我的肩膀，高声大气地说：

"老屈，我可一点也不想枪枝。虽然俺失掉了枪枝，但俺做人却从此结实起来了！——结实起来了。哈哈！"他又伸过手来，跟我握了一握说，"老屈，再会吧！——俺总有一天，还会得到一条枪枝的。"他返身走了。

这才叫我轻松下来。回到舱里，把门铁紧地关住。检点检点钞票，果然一文不少。我理开被头，做个挺温和的梦——

梦里我真的中了航空奖券！

船也快到汉口了。

# 回　家

"离婚！离婚！离婚！——离婚你知道吗？"

大清早起，小地主康大林突然想起了一件什么事似的，扭着老婆嘴巴，歪着自己半个嘴唇，咬着牙齿，狠狠地那么说。

"离婚，你知道吗？准会有一天，我总要跟你离婚的。"

老婆不懂他说的什么话。真是想也想不起的，还只在外面世界住上半年，丈夫就十分文明了。文明人说的话另有一套，不是土老儿所能懂得的。那么土老儿的老婆，只好让文明丈夫说去，不懂还是不懂吧。

可是丈夫的手把有点狠：扭得老婆忍不住痛。再说看他眼色，听他口气，似乎这"离婚"二字有点不怀好意。但老婆还肯往远处想。现在丈夫不比从前了，吃过了半年衙门饭，什么事都应该情让他三分。也就轻轻拂一拂丈夫的手把，连痛也不敢喊，一等丈夫手把松开了，才笑漾着两个眼儿，柔和地说：

"什么里婚外婚，俺家可不懂。你真有些气派！"

"你不懂！好，我总有一天会叫你懂得的，我要自由恋爱！——我要跟你离婚，但我也许还可跟你自由恋爱！"

这一回，老婆可更莫名其妙了。手拿着梳，再也梳不下头发去，张着嘴，眯着眼，瞧住丈夫。丈夫可理也不理她，自个儿穿着长褂，把那个圆圆的牌子挂上肩角，拂一拂袖子，上上下下打量个仔细，摇摇摆摆地踱出门去了。

一出了门，当然，咱们就得称他小地主康大林。

康大林老早就想定啦！这一趟回家，一定要给这不见世面的小城厢里那些闲杂人等吓个大跳，也知道我康大林不是好惹的。所以顶顶要紧的，便是"证章旅行"。给他们瞧一瞧眼色！

当然咯，归根究底讲起来，也并不是全因为自己年纪轻，娘没能耐，受人欺侮。自己年轻，是铁案如山的。康大林自然不能在嘴角画上几笔墨胡子，充作老成。但娘可是个顶出色的人唾！全城厢三百六十九个老太婆，可有哪个像娘那么能算能写能读《安邦志》。可是人家总还是着着欺侮来。难道月好晒不得谷子，女好上不得屋，女人家总归是女人家，见不得世面，也就抵不了欺侮了吗？可是自己家里事，娘总可料理的，怎么也老受别人家牵制呢？

比如说吧，自己家里也有三顷田地，可每年收不上百来担粮食，这真是怎么一回事。一顷田地百担粮食算，也就有三百担呀。就算一半归种田的，也该有一百五十担。可是管家的每年送来粮食，全不能由自己算。今年五十担，明年七十担，歉收的年口，连三十担也会送来的。自己不够吃，倒反而要向管家的去借了，可是，你发起恨来，说要收回田地呢，管家的自然是笑笑，种田的请你下乡去。你又不知道自家田地东西南北，你又往哪里去另找主雇？一不凑巧，碰上土匪，又给你架了去，那时候，三顷田地，准得叫你去了两顷半。那么还是忍气一点，照着老规矩，自己当作个囚犯，一年里粮食，由那班人高兴解。解多少就算多少，还敢说声是和非——再说康大林的娘也是那么个主张：

"这是咱们从爷爷开头，就是那的。爷爷在乡下，怕土匪，把家搬到城里，你爸就一直不曾下过乡。一切凭管家的处理。听说管家的现在已经发了财，也该有了顷把田地。但也只好他发他的财，咱们受咱们的气。"这些个话，康大林从前也以为是天字第一号真理，无可非议的，但现在康大林肚子里有的是同事们告诉他的振兴家声的计划，就不以为然了。

康大林摇呀摆地摆到了东大街。东大街里人全认得康大林。有的跟他点头，有的跟他招手，但没有人跟他站下来谈一阵子的。康大林于是恨起这东大街来。东大街太狭了，太暗了一点，康大林肩角上那块圆牌子竟显不出光来。弄得康大林"证章旅行"的计划不免要失败了。

但这小城厢里人们眼光也太短了些，全不向别人身上打量一下。总以为康大林只有一条穿着衣服的身体，这以外便没有什么了。实际上，康大林却只知道自家有个圆牌子，圆牌子以外便没有康大林了。因为，在康大林的理论的前提，是必须先确立那圆牌子的威权，然后得再伸展自己的势力。然而，现在竟没有人发现康大林身上的奇迹，那真有点不免岂有此理了。

康大林于是耸起左肩胛来，且把左肩胛向前突出，那个圆牌子因之便挂空似的，随着他身段摆。这么一来，总会有人瞧到他的证章了吧。康大林想。

可是，奇怪，偏偏没有人注意到康大林这个姿势。康大林于是改变计划，决定到天下第一楼喝茶去。

说是天下第一楼，却是一桁三间的平屋子，并没有个楼。有的是那平屋的梁栋上搁上几块板，像个阁楼似的茶博士的"公馆"。但楼主人却说：咱们茶楼，从前可不是那个样；从前是一连五层，高耸到天边的，不过现在塌了。但老招牌，可不作兴改，所以还叫作楼。且诸色人等，到咱们那里来喝茶，也可发一通思古之幽情。颇有助于茶味呢。

楼主人的话一定可信，但以此广招徕，却是事实。这一早上，全茶馆已经坐上了百来个了。康大林自然也是一个。

康大林拣个众目昭彰的地方坐下。那是当门的一桌。

果然马上有人上来跟康大林谈话了。那是康大林本家康二麻子。

"哀！大林爹，你回来了！这老半年，你可在哪儿屯呀？"

康大林抽着一支哈德门，一时不作答，长长地抽了一口烟，然后，吐出一条烟的龙，慢慢儿地回过头来。再睐着眼，向那人身上瞅了瞅。拖出一声：

"哦！……是你……"

于是嘴边搁上淡淡的两痕干笑，端起茶杯，微微湿一湿嘴唇那样喝一丝茶。

这一套，康大林在衙门里看惯驯熟。什么科长、司长接见客人时，全是那么个态度。康大林每次端茶到会客厅去，这样儿，总是瞧得闭起眼儿也会想起来的。现在康大林跟康二麻子——这个比自己还要大上十岁的干儿子——可也少得了这份礼数。

"是，大林爹，是我。儿子久不曾瞧到爹爹了。儿子自从那次给老祖母抢白了一顿后，就不敢跑上爹爹家去。也有人说爹已往上海去啦，往南京去啦！可是儿子总一向记着爹。爹可在哪里如意哇！"

康大林仍旧抽一口烟，喝一口茶，听到康二麻子问自己在哪里如意，他便把左肩坎向前一送，用手指弹着那块圆牌子，叮叮作响，于是才说声：

"你瞧！你瞧！"

康二麻子不瞧犹可，一瞧，免不得粒粒麻子都起绽！不禁大声叫：

"哦！大林爹，原来——原来你是在××部做官呀，你原来是做官回来了！这还了得，这还了得！大林爹，你在京里做的是什么官呀！"

　　说声康大林做了官，也就一桌子围满了人。康大林也就大模大样地尽自抽烟喝茶。人全都认得康大林，且知道康大林这次出去，全因为在"捉无业流氓"这个警告下，悄悄地逃了出去的。但怎么个在外面混了半年，竟混上个官来了。可是康大林是个什么官呢？这就有人不免胆怯怯地小心小意地问起了。

　　"算不得什么官，算不得什么官。"康大林这回变和气了。"证章旅行"的计划告了胜利，康大林可还跟谁去赌气？再说，东大街此刻也发亮了。"不过是个小京官而已。"接着康大林又欲抑故扬地那么说一句。

　　"小京官。那么——那么是几品呢？"这是东大街秤主人长生老老说的。他顶挨在康大林面前。

　　"说不到几品。——再说现在做官也不说品了，现在是说等的，"康大林再把嘴唇碰一碰杯，做出一派官气度，咂咂舌，挺和善地说，"不过合起来也还合得拢。比如总统是皇帝。内阁总理是宰相，一品当朝。各部总长，是尚书，二品。总长以下是司长，三品。我呢，我是在司长室里'服务'的。服务知道吗？服务就是做事的呀！"

"哦！呵呵！那么，那么康大林已经是——是四品官了。"

围着的人们全异口同声叫起来。

康大林微微一笑，有意无意地用指头触一触证章，叮当一响。所有的人又全把眼睛往那块圆牌子看去。康大林知道他们看自己证章，便顺手摘了下来说："这个东西，你们瞧见过吗？这不是玩的。这是总长发下来的。有了这个东西，就是疟疾鬼也不会寻上门了。"

康大林说着，向四周的人瞧一瞧。那些个人的脸上，全闪着吃惊的光。康大林在那些人面前，是吃过不少的亏的。康大林没有做官以前，那些人老借着一个原因，到康家借凳，借椅子，借粮食，借被单，借家里一切动用什物。真使得康大林半句屁也不敢放。

"咱们是办公事——办公事呀！这城厢里，有三顷多田地的，可有几家。有公事，你们不供应，还叫城隍庙菩萨去供应不成？"

供应也就供应吧，可是桌椅床板，一经搬去，就永没有回来的时候了。

这是一种人。另外一种呢，可不那么硬做。

他们好好歹歹地黏上了康大林，叫他上烟馆子抽大烟，上赌场打牌九，上私堂子陪女人。更亲切些的，像康二麻子，贴着个老婆，跟他叫干爹。好像这小城厢，全没得事儿干，只可在康大林身上做买卖了。然而现在康大林觉悟过来了。人得"觉悟"，康大林挺明白，这是他堂姐夫跟他说的一句文明话。康大林可不该牢记住！

所有的人，似乎也并不十分愚蠢，也知道康大林刚才说的那句话的意思。康大林话中有刺，刺进他们的心。可是，因之他们益发要把康大林这个官的品位追寻个究竟，也好叫他们放下半个心。

"那么，大林——"一个吊睛白额虎，这小城厢里出名的泼皮，老带着一群大兵走路的，高耸着半个肩坎，把手盘在胸前狡猾地问，"你那个官儿，跟咱们那个城隍比比，可怎么样呀？"

"那比不上，那怎么比得上呢。"康大林知道吊睛白额虎是在把城隍拟知事，低低地回说："我不过是个小京官呀！小京官哪里比得上县父母呢——不过话要说回来，咱们那城隍就没有那东西。"

康大林说着，又把那块圆牌子晃了晃。人们眼睛给他晃得锣那么大。这是事实。咱们城隍出来，虽然穿戴的比康大林阔绰，跟从也比康大林多，可是没有这个圆牌子，那是铁案如山。

"小京官一出京城，虽然品级比知县低，知县就得下轿迎接的。"于是秤主人长生老老又表示饱经世故似的解释了："这叫作出京加三品，这是老规矩，再说现在——咱们康大林，又是在三品官什么长房间里服——服什么的。那自然要比咱们那个城隍要有面子了。"

长生老老这一派老古经，想不到给康大林一个抬举，康大林觉得这一回不应该再在茶坊上多留了。站了起来拂一拂身，像给这些个人脸上各吐了口沫子，那么个不屑地横扫一眼，预备出去了。

围着的人，立刻让出一条路来，茶博士和楼主人也出来送。连康大林不曾付茶钱，也不敢说声："要。"康大林自然也早存那份心。要是现在他吃茶再付茶钱，就不免露出了自己老百姓身份。在京时候，司长公馆里有什么事，也要康大林去帮忙的。要是碰到司长请客，或者打麻将，康大林还可分到几元茶钱和头钱。但现在康大林却不作兴付茶博士茶钱或是什么的。

康大林走出了茶坊。茶坊里自然有一百只眼睛跟五十张带笑的嘴巴送他，但这且不提。且提那像一头猎狗似的康二麻子，紧紧地跟住康大林。

康大林摆着圆牌子，向南走。康二麻子一声不响跟在后面。现在康大林是个老爷了。康二麻子就也不免要成个干少爷了。但康二麻子不管胖少爷干少爷这一套，康二麻子总得拉康老爷往自己家里去一趟。

康大林摆到东大街的南头，康二麻子就叫：

"大林爹，赏个脸吧，多少到儿子家去坐一趟呀。"

"唔！"康大林回过头来，瞧瞧康二麻子弓着背，磕头，笑了笑说，"好的，你老婆在家吗？"

"在，在——儿子准叫她侍候爹爹。"

"那么，你领前吧！"康大林这回有点心痒痒的了。

谁不知道这小城厢里康二麻子的老婆，是个出名的快五枪。只要跟谁干一趟，谁就得把老洋一个两个地向桌上嘭嘭嘭地响五响。康大林虽然是康二麻子的干爹，这五响却还照例，另外再放几枪，那是康大林的阔场面。这一回，康大林估计着，不知该抛下多少只老洋。因为自家现在是做官回来了呀！

到了家。

一脸的厚白粉，把康大林麻了进去。一等在小屋子里坐下，康二麻子便赶往厨下去，说要往街上拷几斤酒来，跟爹爹洗个尘，也就合上了门，让白粉脸对着圆牌子，嵌在屋里头。

康大林不知怎么的一点引不起兴趣来。任凭那白粉脸怎么个往东往西扭，扭得康大林发麻，还是没兴趣。康大林好像感到这干媳妇儿身上缺少了一件什么的。

"啊哼，俺的爹，你做了官，你也就阔气了，瞧不起俺了，不要俺了。怎么你不像从前那么的动手动脚了呀！"康二麻子媳妇儿这一回又扭起屁股走过来了。可是康大林总觉得她缺少了什么似的，老愣着不动，想不起。

"你不动手，那可别怪媳妇儿不老实了。"康二麻子媳妇说着，竟一屁股坐上康大林大腿上。康大林给这一坐，竟然想起来了，便高声大叫起来：

"你缺少了一个'摩登'！你缺少了一个'摩登'呀！要不然，我是可以跟你'自由恋爱'的。"

康二麻子媳妇给怔住了，颇想卸下腿子来，问个究竟，到底干爹说的是什么。可是既然已坐上了，似乎不好意思再放过了，也就扳住康大林的脖子，妖媚妖声地说：

"缺什么'磨凳'呀！我的爹，你想怎么干呢？"

“不，不，你缺少‘摩登’呀———‘摩登’你知道吗？”于是康大林说出了摩登来。“烫发，蜡黄的胭脂，高跟鞋，包屁股的旗袍，走起路来扭屁股，左手牵条巴儿狗，右手拿皮包……”

“啊！哟哟！那么个俺可不会吗？只要你老爹放本好了。”康二麻子媳妇笑弯了腰肢说，“有钱，俺就有‘摩登’了。有了‘摩登’，那么你老爹可跟俺什么了？什么——呀，你刚才说的那个什么呀？”

“什么？——‘自由恋爱’呀！我要跟老婆‘离婚’，跟你‘自由恋爱’了。”

这回康大林感到康二麻子媳妇儿屁股的热，觉得这快五枪，毕竟有她可取的地方，自然不再老呆着了。

半个钟头后，康二麻子端进酒菜来。三个人也就在桌上吃喝起来。席间讲到“摩登”，也讲到“自由恋爱”，也讲到“离婚”。可是一讲到“离婚”，康二麻子就放低声音，生怕有人听去似的说：

“啊！大林爹，这不是儿子撒诳，这是实在的。前一回子事，全是你丈人做的圈套。赶你跑，好分你家产。说什么县里头要捉无业流氓，连你也算在内。全是一套胡话。现在世界太平，连拉伕的事也没有了，可还会捉无业流氓吗？"

"哦……这说来，倒有点像。"康大林突然觉悟过来了，那么个想，"人总得觉悟。一点儿不错，那一天晚上，丈人匆匆地跑来，一声声叫：'快动身！快动身！到上海去，或是到南京去！找你姐姐去，或是找你姐丈去。在县里出了皇榜，要捉无业流氓。据吊睛白额虎说，你的名字也在内。吊睛白额虎已经给县里法警找去了，不久就会引着来的。至于你家里事，我会给你主张，你放心。乡里管家那里，我去跑，你放心。该有多少粮食收，我去要。你放心。'现在想来，这一句放心两句放心，却原来他自家存了个'横心'，娘究竟是女人，便是每担麦子缺了二十斤，又谁去理论。老婆通娘家，有了爸爸没丈夫。早就这么个吊着眼睛笑自家，何况自家出了门，不知箱里细软是不是通通一干二净？幸而自家额角运，在京里找到了做官的姐夫，给他安插在部里当听差。虽然是个听差，可是这个官儿也并不小。估量自己之乎者也还认不到一串，又哪有资格往上爬。何况现在回来还得揩官油，光祖耀宗，吓吓小城厢里闲杂人等，吐口心头怨气。果然，天下第一楼里已经哄动了一会子，康二麻子也给足了自己面子。过后呢，过后自家还得应该大大干一下子哪"。

康二麻子媳妇瞧瞧康大林尽量不说话，以为这回是康二麻子有什么话说得不得体，撞冲了康老爷豆腐架子。于是站了起来，提着个酒壶，像摩登女人提皮包那么地提着，扭着摩登的屁股，给康大林筛上一杯酒。

"老爹爹，你可别见气。二麻子心直口快，短了你丈人家。这是不应该的，是不是？天下哪里有害女婿的丈人家？这是二麻子嚼舌根，准叫二麻子死了，入拔舌地狱，不得超生，媳妇儿这一杯，就算赔个不是呢！"

康大林这一回，禁不住笑了。媳妇儿挺聪明。可是聪明过了分，算错了康大林心头账。

"唉！我的小媳子，你错解了我意思。我那丈人，吊儿郎当的也不是好家伙。本来呢——本来我跟他女儿，也不是自由恋爱的。他们是看中了我、钓鱼上钩，弄得我没法儿，把她娶过来的。"

康大林这么一说，康二麻子才伸直腰背来，媳妇儿才放开声音笑弯了腰。这小城厢里，半粒芝麻大的事儿，也能震得一天价响。康大林跟柳吃舌儿家女儿怎个纠上的，康二麻子和媳妇可还不知道？那是三四年前一个大暑天，柳吃舌儿家在街上碰到康大林，便康少爷长、康大爷短地招呼起来。柳吃舌儿家有两个女儿。二女儿也是个出名的骚大姐。康大林那时刚是二十岁，鼻子跟猎狗一样尖。角角落落追寻着骚味儿。自然他早从柳吃舌儿家嗅到了骚大姐的骚味儿，跟他纠上来，他是一百二十分愿意。纠呀纠的，两个人纠了一阵子，柳吃舌儿家就叫康大林上他家去吃西瓜。说是乡里来了一个大西瓜，七石缸那么大，血酒那么红，蜜那么甜，现在还留有两块，专等康大爷去尝尝味儿，能得康大爷夸声好，柳家他就有福了。可是一到了柳家，西瓜不曾吃到，柳吃舌儿家倒把自家二女儿跟康大林锁在一间房里了。猎狗是没有不咬眼前的野兔儿的。康大林跟柳家女儿自然也不免有点儿手脚。可是柳吃舌儿敲上了门，装出一肚子气恼，骂着女儿，也骂着康大林；要不是康大林答应把他女儿接过去，准得告上衙门去，叫康大林吃上十年长官司。康大林的娘听了这回事，气得眼开口白，一声天，二声祖宗，怎么也不肯答应这头亲事。天下哪里有地主家儿子娶个出名的骚大姐儿的？可是毕竟一来拗不过儿子的劲，二来拗不过柳吃舌儿上门恐吓，也就将就些儿，答应把柳家大女儿接过来。在柳家呢，送不上二女儿，送得上大女儿，原也是一样的。这头亲事眼见得就这么成功了。现在康大林觉悟过来了。"人总得觉悟"，可是一觉悟，自己免不了已经做过鱼，上过钩了。

"但，那——那总是明媒正娶呀！"康二麻子媳妇儿偏要抓住康大林烂疮疤似的尖酸一句，"不同爷跟媳妇儿是……"康二麻子媳妇儿终究有点不大好意思，这下半句，颇感到有点妨碍康二麻子面子，也就不说下去了。可是康二麻子，却满不在乎，咳了声嗽，笑了笑喝一杯酒，什么也不管地闭下眼去了。

"就是因为明媒正娶呀！"康大林却还坦然地说："那才叫作'买卖婚姻'。不同咱们——咱们是'自由恋爱'，所以我同她——同她要'离婚'。"

这一来康二麻子媳妇儿的心儿乐了。乐得两眼儿一点一点地——一点点地什么了？照咱们康大林说法是——摩登起来了。康二麻子自然是要知趣。知趣地站起，又推着酒醉，出去了。

关上了门。

康大林回到家，已经是晌晚时分。娘问他在哪里，他回说去了一趟衙门，拜会知事。现在自己做了官，自然应该官官相会了。

娘是老古董，虽然在绣房里念过一年书，哪懂得这么多新道理，反正天下是他的，也用不着自己瞎操心，让他去滚吧！

康大林到了家，丈人柳吃舌儿也走上门来。老婆已经跟丈人说过了，说什么康大林要跟她离婚什么的。但离婚以后，又可跟她自由恋爱什么的。这是怎么一回事，连柳吃舌儿也不懂了。但柳吃舌儿毕竟和吊睛白额虎有往来，也知道些"离婚"就是"休老婆"的意思，所以一到晌晚，便跑来看看女婿，探探动静。

康大林把丈人请进客堂里坐。一套有工架的应酬话，问暖道寒地说个不了。且说些外面做官情形。他怎样跟司长坐在一个汽车里，去瞧总长的病。总长怎样跟司长打话，跟他打招呼，他还怎样跟司长太太一道看电影，司长太太要把他收做干儿子。他还说，他曾经拿了总长的呈文，到过总统府，见过当今大总统。现在呢——

"啊是！"于是他把话题归正来说，"现在是，我特地回来要——要整理整理家务！"

说声整理家务，柳吃舌儿便吓了一大跳。这一回莫不是要给自己女儿整理了出去。

“可是你想怎么样整理法呢？”丈人抱着一腔虚心问。

“我要——我要用‘科学方法’——‘科学方法’你懂得吗？”康大林仰着肚淡然地说。

康大林知道这“科学方法”四字便是“万应灵丹”。比如他“服务”的那个司长便是用过“科学方法”的。司长一用“科学方法”，所有科员也全用“科学方法”了。于是一橱橱的公文，也“科学方法”了。连自己端茶给司长，也“科学方法”了，这一套“科学方法”，康大林可顶熟透。比如：康大林坐在自己茶房，一听到有皮鞋声碧表地响来了。这声音，康大林首先用“科学方法”来辨别是谁的，决定自己屁股的应不应翘起。如其是司长，康大林不特应该翘起屁股，且应站起来，笔直地站起来，伸了两手，低了头，一等司长走近门来，便右手成九十度伸出，拉住门把手，霍的拉开门，自己闪在门一边，一个立正姿势，然后带笑地提面巾，送上龙井茶，然后——然后归座，听差遣。但这据说也叫“科学方法”的。司长以“科学方法”而加薪一级，自己也以“科学方法”而提升为头等听差。现在——

“现在，我要用‘科学方法’来查一查我那三顷多田。"

查田是听懂了，科学方法管他妈的吧！柳吃舌儿点着头儿称道个"是"。接着又拖出一句："那是再好没有了。"

"自然咯，你该知道，我历来做地主，真不像个地主样儿，什么粮食呀，全凭佃户和管家解的。到底咱们那些田地是管家的呢，还是佃户的。年来真越弄越不成样子了。三十担，二十五担都能解上来，任凭怎么荒收吧，也荒收不到这个数。你该给我想，一家上下，吃着用的，全少不了。用了三十多年的老妈子，老仆人，可回了不成？咱们自家可去吃土不成？当了官，像我那么的，可少了应酬费不成？你丈人家里可得少了我那每月的补贴不成？——这一大串'不成'可叫我怎么'成'？还不赶急用'科学方法'，眼见三顷田地也给丢定了。土匪土匪！乡下全是土匪。你，小地主，下不了乡！这只能吓吓土老儿，可还能吓我现在做了官的人？如其真的有土匪，我也准叫总长派一师兵来打他平。你给我传话出去，下一星期，我要开贺了。请些亲戚邻友，来说说家常，也叫乡下管家，上来跟我说几句话。至于别的事，我将来慢慢跟你再算账。"

"算账！"丈人大人不免吃了个惊。但想想出去半年儿，女婿就有那么副能耐，倒也有份儿快乐。可是快乐后面，却又隐藏着恐惧。女婿能耐，断不是丈人的福。也许女婿真的要把女儿离了婚，再来一回什么自由恋爱吧。但此刻，丈人还只得听命传话去。

几天来，康大林总吩咐家里用人，上上下下打扫个干净。说这里那么的不合卫生，那里这么的不讲清净。又说，起床不叠被头，是习惯不好。随地吐痰是犯法律。……弄得一家上下，鸡飞狗上屋，连老婆也不知把孩子尿布收拾到哪里去好。一等家里东西，安排得稍有秩序，康大林于是邀集了邻友亲戚挤满了一屋子。连康二麻子的媳妇儿，也来门外看热闹。

这时候，堂屋里摆上三张方桌子，一连地接着。桌子上不用说是荤素各色大小菜。诸位不相信，咱家可给你们报几样：白烧全羊一只，十斤重猪头一个，六斤重对鸡一盘，百子寿桃馒头二盘，南京板鸭两只，广橘香蕉杂色水果两盘。……还有呢，好，不必说了，燕窝、鱼翅齐备。……但放在那上首位的一盒红木雕龙盘子里的东西，咱们还必须介绍。那就是——那就是圆铜的证章一个。咱们小地主康大林，今天这个盛典，就是要祭一祭那个圆证章。一个别人料不到、猜不透的听差挂的证章。这证章，据康大林说，赛如前清皇帝颁下的圣旨。谁家有了这个东西，不但足以避邪去鬼（连疟疾鬼也不敢上门），且足以镇保住宅，水火无忧。而康大林多么难得地得了一个，自然应该祭一祭。一着，用以昭告祖宗；二着，用以光耀门楣。但这些都是闲话，不如少说。

康大林既然把祭品全已陈列整齐，于是自己穿起蓝长袍黑马褂——新赶成的礼服。点上了四斤统蜡烛一副，上了一束大香，恭恭敬敬地跪拜下去。同时，那屋子一角，雇来的吹鼓手哩哩啦啦地吹打起来。等康大林行过了三跪九叩首的古礼以后，吹打也就停止了，咱们的主人就站在一边，预备受贺客的敬礼！但在这一刹那间，康大林也插上了两句话：

"诸位亲戚，邻舍，朋友！鄙人是讲究文明的。行礼大可随便。叩头，鞠躬，跪拜，作揖，无不可任意采择，谨此——"

说着，屋角吹鼓手，又哩哩啦啦吹打起来，他就急忙从案桌上捧起红木雕龙古盘，像捧木主似的，受诸色人等跪拜，磕头。这么的，一个挨着一个，也足足拜上两个钟头。天色也慢慢儿地暗下来了。

跪拜完了，一屋子相互招呼道贺。康大林居然应付裕如，一个个招架得不乱枪法。可是突然他记起了，他那管家，并未来到。不觉怒火中烧，大叫他那丈人来问，可是他丈人也一样没有影踪。他正想找人去叫，门外一阵喧闹，跑来二十来个大汉，声声口口叫：

"康大林！康大林！康大林在哪里？"

康大林以为哪里来的道贺的人，也就挺身从挤满了人的客房间出来，到空荡荡的祭烛高供的堂屋里。一看，果然不错。丈大柳吃舌儿，管家许三老老，干儿子康二麻子，还有吊睛白额虎全在一起。康大林于是摆出一派官气度，正拟斯文地给他们一个不亢不卑的礼。不料吊睛白额虎抢上一步，把他黑大褂一把抓住，喝声："拿下！"众兄弟一齐动手，把康大林劫着走了。柳吃舌儿这时自然是抓住祭桌上红木雕龙盘子，往门外直奔。弟兄们也有背羊腿的，扛猪头的，纷纷抢了一串串，往外跑。康二麻子媳妇儿，也趁空施手脚，提去了一只南京板鸭。……

这一阵纷乱，自然吓得众亲戚邻友，各个抱头鼠窜而走。一到跑回了家，差不多三天三晚不敢伸头出门。康大林的娘，赶忙从她正房跑出来，已经是杯盘狼藉，人去室空。只得一声两声喊"皇天"。赶紧差人去打听下落，却早已走得不知去向了。回到上房找大林娘子，上房大姐回说到娘家去了。只留得三四十年用下的老妈子老仆人，吓在一堆哭个不了。

日子一天天过去，各种各样传说都起来了，有的说是康大林捉将官里去了。因为他假充京官，招摇撞骗，且还开贺道喜，引动诸色人等，有碍地方秩序。有的说他强占民妇，官司告到京里，总统一道手谕，拿他去问罪去；有的还说他信听洋人之言，借什么科学方法之名，要把佃户另换，管家没法阻止，乡下人造反到城里，把他劫去讲条件。有的甚至说是他提倡新名词，延祸这小城厢，什么"离婚""自由恋爱""摩登"一大套，无异带来一阵恶水，一群猛兽，应该事先查禁，抵罪了案。但九九归原，康老太太好容易由他亲家柳吃舌儿设法，卖去了一顷半田，方把康大林赎回来。可是这回康大林左胸上挂的圆牌子已经没有了，衣袋内却有一张纸头，那纸头上写着的是：

（一）不许跟老婆离婚或离婚以后再跟老婆讲自由恋爱。

（二）不许用科学方法整理田产，并另换管家。

（三）不许挂圆牌子在大街上走，实行"证章旅行"计划，恫吓吊睛白额虎。

（四）要和康二麻子媳妇永久恋爱，并吃康二麻子手烫的黄酒……

# 恋爱神圣主义曲

照例是八点钟上办公厅去。签到簿上，还是我签第一。这于我不是没有好处的。第一，司长看到了，在年终考勤时，总得给我晋级加薪。第二，咱们是革命公务员，总得表示些革命精神，把办公厅看作自己娘家那么个爱好。

空荡荡地在办公厅足足等了半个钟头，同事们才陆陆续续地鞠躬如也地来了。于是拱手，作揖，笑，今天天气好啊，这一套老戏又开始了，而我也做得怪纯熟，毫不费力。

做完了这套老戏，我板板六十四地坐在案旁，抽出一张办公稿纸，胡乱地写些莫名其妙的东西，想遮遮科长的眼目，算我不是空着没公办。那么年终考绩时，科长自然也会在我考绩表上填上"勤谨可嘉，应予升级"八字。可是，偏偏咱那本是同乡，又是同学，而今做了同事，将来还不免同死的四同主义者康红鼻子，竟突然地向我肩上一拍，说了：

"喂，老屈，咱有一首诗给你看一看，你看如何？"

我稍稍有点生气。我以为办公厅是办公的，不应该看诗，何况咱们司长也下过手谕："办公厅不许看小说！"夫小说与诗，同为文学。则诗之不应看也，亦彰彰明甚。而咱们那一位四同主义者，竟不之知，岂不应该发气。但做官秘诀，首宜受气。我终于笑了笑，立了起来。笑道：

"好的，好的，可惜对于诗我是个门外汉。"

"那可不必客气了。"

四同主义者，一边说着，一边从内衣里拿出一张十行纸来，平平地给展在我的案上，然后用手指弹着烟灰，抽了口烟说：

"你是个新文学家，但这诗呢，却是首旧诗——是首七古，不过内容却是崭新的，所以你还得一看。"

"笑话，笑话！不敢当，不敢当！"

我一边局促地说着，一边看那纸张上写的所谓七古。

赫然映在我眼前的是："恋爱神圣主义曲"七个大字。我不觉吃了一惊。据我所知，恋爱只有至上主义，却没有神圣主义的。主义而又加之以曲，则更属少见。但再一细想，现在是个主义世界，是人，总得有个主义。那么恋爱神圣何尝不可主义一下。于是我读了下去：

"恋爱神圣兮神圣，莫谓太上真忘情。我自多愁多病者，况尔倾国又倾城。……风流不减病相如，勇敢应拟卓文君；才调愧非元微之，多情还让崔莺莺……"

我读着，读着，但这个心，却不禁又溜到晋级加薪上去。我虽然一口气给他读完，却还不曾引起恋爱神圣的主义来，我眼里只看到些卓文君、崔莺莺、红拂、朱淑贞、李清照、李香君、李师师……这些历史上才女名字，足见我对于诗确是个门外汉，然而我却放下了纸，回过脸来，对四同主义者说：

"好诗！好诗！这诗极是名贵，可与王渔洋《圆圆曲》比美！"

"是呀！"四同主义者，把左手齐平额角，用手指弹着烟灰，一派老练正经地说："这诗第一好在于新旧兼容。既非'的吗呢了'新诗体，也非'诘屈聱牙'的纯古体，而是合乎口语的语录体诗。"

"唔！"我不置可否地应着。但心里却惊奇咱们的四同主义者，居然肯折衷古今，融会中外，创出这语录体诗来。

"是啊，是啊！真是好诗，无上的好诗！"我称道着。同时又作揖起来。也因为我善于作揖，人家不叫我"左翼作家"，却叫我"作揖作家"了。"但这诗是老哥作的吗？"我终于又追问了一句。

"哪里，哪里！我怎能作那么好的好诗。这诗呀——"说着四同主义者又弹起烟灰来了，烟灰竟弹进我眼里。我闭了闭眼，四同主义者康红鼻子在我闭眼时，居然怪声地笑出。接着又说道："是古一波兄作的！古一波兄——"

古一波！哦，古一波是个鼎鼎大名的学者。我知道，我知道，而且古一波还是我的同学，少不得，咱们也是一同主义者咯。论班次呢，古一波却比我低一级，可是现在无论社会地位和薪水收入，我总比古一波低一级。这也是老天不公平处。咱们四同主义者康红鼻子正同古一波是同级的。而且到此以来，两个人感情特别密切。康红鼻子初到东京，曾大请过客，那时古一波亦在被邀之列。我不用说，既有四同主义关系，也忝列末席。那时，古一波瞧到我，并不理睬。大学教授跟小瘪三，自古不讲交情。我又何怪于古一波，何况古一波是朱程学派，又是王羲之的信徒。他著有《朱程学派述略》《国防土地考》，和什么连题目我也不大懂的《"俞、允、是、yes"优劣比较论》，真使我有点莫测高深。当然，我是个最小心不过的人，因此，也不敢仰攀了。

然而因坐在同一席里，于"桌上斗争"时，筷与筷间，不免有些碰撞。碰撞时，又不免互道歉仄。于是两人又谈起来了。一谈，偏又谈到恋爱问题上。我自下娘肚，便是个恋爱至上主义者，但不是恋爱神圣主义者。他可不然，他讲究正心明性之学，他讲究旧道德，他讲究男女之防，所以在席上，他简直把我当作了一个对象，大骂特骂了一顿。他说：

"无论如何，停妻娶妻总不是个办法！这不过使男子多得一次发泄性欲的机会罢了！是乃旧道德所不容，新社会之蟊贼！即法律亦应处之以重婚罪，而无可假借也。"

虽然这话不无相当理由，但我却反对他。我说：

"万事不可一概而论——万事不可一概而论。比如像咱们吧！咱们是做官人，做官人全讲应酬，全讲场面。在应酬场面上，大概都少不了摩登女子。所以做官的人必须讨个把聪明贤丽而又十分摩登的官太太。至少也得讨个会抹粉擦胭脂穿高跟鞋的官太太。你想，一个乡下小脚老婆，要是跑到应酬场中来，不特她应酬不了，就是自己面子，也给丢光了。所以，咱的恋爱至上主义从这一点上出发的。咱的太太……咱的太太……唔！……"

好，我有点"唔"不下去了。堂倌也真聪明，正在这时端上了一盘熘黄鱼。我就在主人康红鼻子请吃那当儿"唔"停了。而我们的大学教授古一波，却以"一笑置之"的态度，提起筷来，参加"桌上斗争"。

我当时，大不满意这一笑。我想，你别傲！我知道你是作过《草马路行》的，但那诗，你可做得不很好。我却给你改过一两字。说起来真是话长。那是五四运动时候，咱们还在同一学校读书。同干着轰轰烈烈的学生运动。咱们最大的成绩，便是查仇货，烧仇货，打卖仇货的商店。我紧记得，那一次，咱们查到了一百二十包仇人花标。咱们不管奸商怎么请求、说情，甚至于请吃饭。咱们还是雇洋号鼓手和那挑夫，叫齐全城学生，排成长蛇阵，吹吹打打地扛着那些仇货到草马路空场上去烧掉。那时，咱自己在《学生联合会会刊》上担任主编，第二天就给做了一篇《仇货应烧论》，大得社会人士好评。而他呢，古一波也作了一首一万言的《草马路行》，描写当时烧仇货的情景。中间有："万人万口同一声，壮哉火光逐云行。坐看蕞尔弹丸地，安得万世不沉沦。"——这"万人万口"四字，就是我改的。他是写"百口千人同一声"的。我觉得一千人决不只一百张嘴，难道九百个人没有嘴的？这可见此人虽有诗才，不免缺少逻辑，所以给改了。他也大以为然。……总之，这一切不必追述。一句话说完，他是"新"过来的人物，他是个学生运动中健将，但他又有独立不挠的精神。他决不"全新"，也决不"全旧"。便在那时，"两个黄蝴蝶，双双飞上天"那一类诗，已颇盛行了。然而他决不写"壮烈呀！这火光该死呀！仇货给烧掉了！"这种白话诗。这一方面还可证明他早有卓绝之见，我很佩服他！但咱们两个人之间，总不免时常有些那个。一到后来，我毕了业，奔走于衣食，知道了"今天天气哈哈哈"这套秘诀；而他呢，却成了当今的朱程学者。我成了个做官必须恋爱至上主义论者，而他呢——

"他现在也成为个恋爱神圣主义论者了。这实在是想不到的事呀！"四同主义者康红鼻子感叹似的说。

我知道这首诗中间有故事了。故事我最喜欢听。因之我决不再计较晋级加薪，在科长面前装斯文。我请康红鼻子把这故事讲下去。

"是的，我正要跟你讲。"康红鼻子从容不迫地说。接着，他那烧到指甲的烟蒂，也给丢在痰盂里，就在我案旁坐下，说："事情是那样的。前六天晚上，他跑到我家来，一进门便叫：'拿纸来，拿笔来，唉！老康，我痛苦死了！我必须作诗，我必须作诗！'

"我真的吃了一惊。痛苦必须作诗，乃是人之常情。但他态度有点太那个了。但我没奈何，还是遵命，把纸笔交给他。他就洋洋洒洒写下了这一篇《恋爱神圣主义曲》。真是下笔万言，倚马可待。写好后，他仰一仰身，靠在椅背上，不禁号啕大哭。我问他终究为了什么，于是他慢慢地说了如下一段话：

"她来了，她竟勇敢地跑到我怀里来了！我的范娜丝呀！我的十年相爱的范娜丝呀！她是我的学生。十年前，我在湖滨女子学校教书，我们因学问上的相互切磋，我们相互间爱上了。但我是个有妇之夫。而我的老婆，又十分合我意。真可当'贤惠'两字。我决无不满意处。但我和我的范娜丝，却又相爱了。这真是我没法处置的事。

"当初，也是我挑动她的。那时，我们已经分离了。我在这里大学中当教授，她还在那湖滨女子学校读书。有一夜，我正在做《朱程学派述略》，做到严谨处，突然在灯光下出现了一个女人的面影。啊！我的范娜丝，在我记忆中跑出来了，我心里不自觉地长了一种要求，一种想满足我这孤独而又干燥的学者生涯中某项欠缺的要求。我脸发热，我神经颤动。我巴望这出现在我记忆中的范娜丝，成为一个现实的人物，我能在她身上取得满足。然而，不可能。环绕在我周围的，全是些古旧的线装书。我不能取得满足，我丢开《朱程学派述略》稿，立刻展开信纸来写信。我第一声，便叫她'亲爱的妹妹'。我平生是反对白话文的。但写情书，却非用白话不能传神。我挥了一大通，写上了万把字，我才'传神'了我神圣的恋爱主义。……结果呢！自此后，她也叫我'我敬爱的哥哥'了。……

"但是，这十年间，我要做学问功夫，她要读书，我们并不常常通讯。我们十年相爱，仅通情书八封。但每封却在三四万字。然而我们是全变作恋爱神圣主义者了。

"神圣也罢，不神圣也罢，老婆呢总还是我的。而且在这十年间，老婆也很少离开我过。把老婆幻化为范娜丝吧，那也未尝不可以，但总有点那个。然而还不免有时，要给老婆幻化一下。

"老婆真是个好老婆。前一个月她回去了。把我房间里东西，安排得一整二齐。……可是昨天，昨天呀，可纪念的一天呀，她竟跑来了，我的范娜丝呀！……

"我把她安置在前间睡下。我睡在后间，偶然间，我伸腿床后。床后那铁罐头索落落地倒了下来。罐内的香榧子，我老婆亲手为我预备着的，预备我夜晚做《国防土地考续编》时，嗑着解闷的，竟索落落地倒了满被。我又见到我的老婆了。我听到老婆哭声了。我不禁放声大哭起来。我那范娜丝，听我大哭，又从前间跑了过来。她严谨地责问我，问我是不是真心爱她，否则她可以一走了事的。如果真心爱她的话，那么立刻去信家中，立迫老婆离婚。一切条件，她皆能帮忙。比如离婚费吧，一万两万，在她全不在乎。她是个有钱人家的女儿。或者，我们二人，索性远到东北去，在那里过我们无牵无挂的甜蜜的恋爱生活。……我竟给她迫得没法想。我是个怯弱者，我不能神圣恋爱。然而，我也不愿欺骗我范娜丝，我是爱她的。我想照我范娜丝的话，做一傲看，我已经去电家中，请我妹妹出来了。……呵！呵！……"

"他竟说了那么一大套，全像发疯似的。……"

说到这里，咱们四同主义者才咽了口气。我也听出了神，不免叫声："勇敢的女子呀！"然而科长的眼立刻扫射过来，这使我不免发了一阵冷。

"那么后来呢——"但我接着还低低地说，"他们可真的实行了到东北去的计划？"

"那可不曾去。"康红鼻子抹一抹鼻子，好像从古一波恋爱神圣主义曲上闻到一阵香气，"大前天，他妹子到了。但他老婆也同到了。她们接到他那没说明原因的电报，正惊奇他为什么此刻放假时不回家，以为他生了病了。可是一到他宿舍，俨然有个女子陪着他吃饭。老婆自然心中一酸，掉下泪来，看出自己的命运了。妹子呢，正是那范娜丝的同学，原也知道些哥哥的秘密，但颇不以哥哥这种举动为然。不过正在芳龄的她，脑子间正富于那种男女之事的幻想，有时，却以能以人家恋爱的成功，满足自己的欠缺。所以原谅了这一对了。男女间关系，老走着正则的路，确然也是乏味的。最好时时能打些岔子。这一点，大凡年轻人，皆心照不宣。所以我也原谅我的老友的。……"

"哦唷！……"我暗暗地在心里喝彩。我竟料不到这位于办公之余，时时在做《孔子年谱》的康红鼻子，倒也有这一手的兴趣。然而，我还是应声："是的，是的，后来呢？"

"后来——他立刻把老婆和妹子，陪到旅馆里去。他把妹子引到另一间，哭哭啼啼诉说了一番。接着，又跟老婆说了声：'对不起你了！一切请问妹妹吧！'于是又抱着老婆哭了起来，足足哭了一个钟头，才收泪回校。而范娜丝则已鼓起嘴来了。

"还是前天中上的事。他的老婆和妹子，跑到我家来，说他和他爱人一起逃跑了。他前一夜还在旅馆里陪着他老婆哭。但要回校时，对他妹妹说，自己还要写些文章，晚上睡得一定很迟，明天一早，别到学校去。要去，十点以后去好了。'谁知他竟是预先做好的骗局呀……'于是他老婆竟对我哭起来了。哭后还问我知道他去处否。当然，我是无法知道他去处的。'奉此'，我除允许为她们打听外，别无好的计策了。

"老婆也只得暂时死了心，把他宿舍里全部书籍衣物整理起来。应该拿走的拿走，可以暂存在学校里的暂存在学校里。哭哭啼啼，昨晚乘夜车回去了。哪里知道昨天下午，他老先生突然跑到我家来。

"'你哪里去来？'我拷问他。

"'我到镇江去来。我把她送到那里，在那里旅馆里宿了一夜，就在昨天给她送上了船，叫她到H埠她那兄弟处去了。可是现在我要你赶快到学校那面去打听一下，对于我这次印象如何？'

"我当时便说：'要我去学校方面打听，无不可以。不过你和那范女士呀，有没有那个关系，却非先自坦白招认不可的。'

"'笑话！笑话！我不是说过，我是恋爱神圣主义者呀！夫既名曰神圣岂可草率从事，笑话，笑话！'

"当然，我相信他的话。我为他跑到学校当局那里去接洽。学校当局则以为，'如其他能放弃"恋爱"，万事无不可商量，否则也不能怪学校当局无情面了'。他一听到这话，不禁拍桌大骂。他说：'他们不许我神圣恋爱，我倒一定要神圣一下，给他们看看。'他就那么的昂然走了。连我问他走到哪里去，他也不置答。这可不是一件怪事吗？……"

"唔！"这一回，我应该称赞我们的朱程学者。他是深得孔老夫子所谓"率性之谓道"的哲理的。因为孔老夫子说，食色性也。故能为食与色而率意干去的，便是得道的人。我呢，一天到晚，盼望加薪晋级，无非为食而已，所以也可称是得道者。他呢，却在正心明性之余，实践"率性之道"了。

于是，我打了一个呵欠，不给咱们四同主义者做个结论。说些什么：时代的势力真伟大啊，无论怎样一个顽固的人，在今日中国恋爱风气盛行之下，他也无法逃却这风气的熏染……或是：一切反历史动向的人，无论如何总还要被历史的动向征服过来，终于成了俘虏……诸如此类无补实际的响亮话头。我只轻易地说声："这是很好的一个故事。但他的社会地位，怕要从此打落了吧！"

"也许吧！"咱们四同主义者，有心无意地回了句。正在这时候，一个听差走来说："司长请康先生。"康红鼻子这一回，又抹一下鼻子，像预感些好兆似的立起，走了。

康红鼻子一走，我赶快又用笔在纸上乱涂。从此，科长眼睛扫射过来时，我可不怕了。果然，科长大概在我不注意时已经扫过一眼，这回脸上，对我有点笑意了。

康红鼻子不一会儿，笑吟吟地捧着一本稿本回来。他指点着书上题字给我看，同时还说："这《孔子年谱》四字，可写得不坏呵！你瞧，咱们司长是学什么体的？"

我没有回答。

科长也走了过来，"好极了，好极了！这是康先生著作吗？"一边仅那么地说着。

我只好哑口，因为我不能做《孔子年谱》。但康红鼻子还说：

"还有序文呢，司长也给做了一篇，说这《年谱》做得精确。'可为后生小子式，可为世道人心风！'嘻……"康红鼻子翻开那稿本，指点着序文说。一脸的笑容，连颐肉像要给笑下来了。

"好极了！好极了！老兄今晚到舍边来谈谈。"科长又迎逢似的说着。但立刻似乎又自感到是个科长，不便过于迁就，也就蹒跚地走了。而我这时，却极愿跟康红鼻子做个五同主义者，把这本书称是我同作的。然而，不然，五同不曾同。到了那年年底，我考绩不及格，终于给司长开除了。康红鼻子升做了主任。

我从此也离开了京都，在上海流浪，这时，我那个官太太开始跟我发脾气，说我没有高跟鞋给她穿，说我没有陪她去跳舞，应酬，出客。说我没有司长太太、科长太太给她拜访。还说我最不应该的，是取消了她那"太太"资格，连邻居全多叫她作"屈师母"或"屈妈妈"了。……我呢，当然无话可说，只好一百二十声赔不是。——然而，我有时想起，却不免要变作恋爱至下主义者了。

一天，我偶然在本埠新闻上看到一则新闻，题目是：朱程学者古一波教授与范娜丝女士结婚观光记。

这使我吃了一惊，我急速地看了下去。看到中间，有一段是述古一波教授对于恋爱奋斗经过的报告。大意说："他那恋爱，决不是学时下一般青年，不讲理性的。他是循着朱子注释《诗经·国风》的精神来谈恋爱的。因为在朱子以为孔子不把郑卫之诗删去的意思，是很有道理的。故他注释时明白地给指出哪些是男女相悦之词，哪些是男女相规之词；在朱子之本意，并不否认男女恋爱的。所以他在新文化初起时，对于新人们提倡恋爱，他也曾赞成过。以为深得圣人删诗之旨。现在他离去老婆和范娜丝结婚，也就是圣人删去不好的诗，独留郑卫之风的精神的继续。而况删去老婆，和老婆离婚，也是援引孔子七出之条的。因为他与范女士本无什么。

不过师生而已。今有学生焉，就教于老师，是亦事属平常。然为老婆者，竟大吃其醋，使教授饭碗敲破，衡之以今日法律，已构成公然侮辱之罪。故法官一接办此案，即明察秋毫，准予离婚了。……我们得有今日，我个人固堪庆幸，于国家社会，实亦造福不浅……云云。最后，古一波教授，又朗诵一通《恋爱神圣主义曲》，全堂为之掌声四起。……"

这观光记真使我读得感动极了。因为我连带想起古一波和我的处境的对比来。朱程学派是属于他的，恋爱是属于他的，连法律也是属于他的。我曾改过他《草马路行》，却是：小官不是我的了，恋爱也不是我的了。我若再穷下去，我怕会做小偷，于是，法律也不是我的了。我同时还想到四同主义者康红鼻子，此时，怕已升了科长，不用八点以前签到了吧！但如其他也读到这篇观光记，怕还会把《恋爱神圣主义曲》原稿找出来，校勘一下，做一篇校勘记，请名人题字呢！

# 向　晚

向晚。

天空慢慢儿灰暗下来，像一条躺在泥沼里的蛇似的三新街，此刻也慢慢儿僵硬起来，变成条铅色的街了。

初夏的天气，晚风也是暖和的了。人们走出到街上来散步，已经很少穿着长褂的。拖鞋的铁搭铁搭声，时时在高低不平的马路上响出。黄包车夫零零落落地，各拉着一辆空车，有气没力地挨在马路的一旁走：白灰色的车座上，时时有行人们影子投下来。

在一座高大的洋房门外，这时出现了两个青年。一高一矮，天生成的一对配当。高的，穿着通不很称身的瘦削而又短小的长布褂，西装裤脚长长地拖着地，只看到尖头的皮鞋，俯仰起伏地拍着地面，大有不胜感慨系之的神气。矮的，穿着通大翻领白衬衫，长长的衬衫下摆，直拖到膝头。发胀的胸部，已经把衬衫胸前五个骨钮，挤掉了三个，穿着双陈嘉庚的橡皮鞋，一步轻一步地走过街头；同时，他那衬衫也时时一歙一阖地把那过分"膨胀"的胸部，向这不景气的街头示威。

走不多远路，这一对天生配当，竟向左面转去。那是通向歙生路去的一条小街道。

街头虽然小，可是风度却是满大的。从这一头到那一头，不上百来间门面。烟馆子和卖药膏的店铺，足足要占上一半。这些烟馆子和药膏店，不但左邻右舍地相连接，且还门当户对地夹着条马路赛阔气。

人行道是全塌坏了的。洼地一块又一块地接着。有几处且留积着屋主人泼出来的洗面水和垃圾。但行人却还是不绝如缕地往来着。这些人，大都是带着付黄茄子似的脸。尖着发黑的嘴，蓬着将枯的发，绿着深陷的眼，再加上猫那样地拱着的背，破碎到露肘露膝的灰黑色的衣服。——活像新从地底攒出来的一具骷髅。生命于他们是多余的。

然而他们却各有一种不很安分的企求。

他们有的用碧绿的眼，寻觅人行道上或马路上抛弃的香烟蒂头；有的，伸着鼻子在嗅着沿街发散着的一种香气。他们每走过一家敞开着写有红字的门面的烟馆子时，他们就停下脚来，抽着鼻管，吸呀吸地不住地吸。
同时，他们的眼睛，再也离不开那个烟馆子了。喉头霍
咯霍咯地发着响，呵欠一阵紧一阵地袭来，最后也许会
倒在这烟馆子门口死去了。

烟馆子的陈设，大都是简陋的，实在没有使那们
人那样眼红的地方。两两相对的，一连十来张板床，
各个靠在板壁的一头。中间留出三五尺阔的空地，
做走道。床上大都铺着些席子。有一大半席子是残
破而污秽的。但人们好像非常肯给这席子遮面子，没
有张床是空着。人是满满地横在席子上。有几个烟馆
子呢，且还有在中间空道上，摆上把椅子坐着等的。
这些人虽比较街头那一群，稍稍高等一点，得有机会
"登堂入室"了，但从他们穿着与面貌上看来，却和
门外这一群，抱有同一的人生哲学，所谓人世间的至
乐，除为这一口"烟雾"外，一切皆可随便。同时，
还有平日自以为多少是个女人，应向一切男子低头或
羞怯的；现在却也莫不横倒在床上，连腿子搁在邻床
的男子脚上，也是恬然的了。

初夏的晚间的暖风，偷偷地吹进这些烟馆子里去，
又偷偷地把烟馆子里的重雾送了一阵出来。于是馆子里

的人，感到更舒畅；而馆子外的一群，也感到些微的满足了。

小小的破落的街道，充满了夜的暗影，也充满了烟的重雾。街灯从这暗影与重雾中开始闪出昏黄的眼。织出了人生的恶梦。——这天生的一对配当，又从这梦之街上走过。

"咯笃！咯笃！咯笃"的皮鞋声，和着"咕哺咕哺咕哺"的橡皮鞋声，给这梦之街以一种窒息的压迫。

"讨厌，真是个什么世界？"高的发恨似的说出："我在日本时是没有看到过这样的情形的。我在日本！"说着，似乎自己立刻变成个高贵的人，且显示出自己决不是属于这个地面上的一分子，再加上一句，"中国人全是些没出息的东西"。

"没出息的东西！"矮的接上一句，橡皮鞋咭的踏在洼水上，"我也是这么想。我走遍半个全中国，全看见这一套呀，这一套。"顿了一顿，接着又嗳了两声下去："嗳！嗳！是呀。嫖赌吃喝，是中国人的四大德性。然而现在还必须加上这一项。成为五德。五德，鸡有五德呀！可贺！可贺！"

"呵呵呵！"高的笑了！咯笃咯笃咯笃！接着还是这

表示生命的高贵的皮鞋声的示威！

皮鞋声越响越高，越响越急促。那个矮的的胸部也越喘越膨胀，白翻领衬衫也越张越开。最后这畸形发达的特别胖满的左乳，也从白衬衫张开那儿探出头来，看这世界的不景气了。

终于走完了敔生路。靠右折了个弯，弯角上吹来一阵风。矮的急忙正一正衣襟，随意地扣一扣纽。把长长的衬衫更往下拉一拉，腿子又短了一寸。高的竟跨上两步，把矮的撇在后面了。

敔生路还死要面子地，摆出那中国中埠的一个大都市的架子。电灯扭得雪亮雪亮。各个店铺子外面，用种种刺眼的红绿的颜色——或者是做广告的纸头，或者是摆样子的布匹——来装点它们的衰老。但隔几家，总有家半掩着门的，或全封闭着门贴上个招盘的白纸的店铺，戳破了这死要面子的敔生路的虚荣心理。

然而敔生路毕竟是有光彩的，毕竟是活泼的。行道上的人左挨右挤在拥。一听到皮鞋之声响过时，便有一大群老老小小鸠形鹄面的马路巡阅使，围绕着过来。同时，"老爷！少爷！先生！"一阵带哭带叫的声音，也跟着"耇笃耇笃"的皮鞋声追逐过来。

那个高的的皮鞋声在歆生路响出了。马路巡阅使们照样跟住了他。益发把那矮的分隔在后面了，任那矮的尽加紧短腿子的速度，但还是仅能看到浮在"头的海"上的一个特别显著的黑头。

"妈的！"黑头突然停止了浮动，骂出了一声。矮的于是加紧了两步立刻冲围而入，又和高的骈并着，成了配当。

"不容易啊！"说着，"所以步行全国是不容实现的。看这情形连走完半条歆生路，也要费十年工夫呢！"

"妈的！最好是——"高的嘴巴跟皮鞋一同发声，说得拍得拍得地响亮，"一个个给他枪毙！天下才会太平。这批中国人！中国人！我在日本的时候——"

"哒！哒！走！"立刻对面送来一阵驱逐声。看，一个黑色的警察迎面走来了。他在赶散那些马路巡阅使！"还不走！你们这些街头的魂游哒！哒！……"

"劳笃！劳笃！劳笃！"也是一阵皮鞋声，威严而且有劲！立刻把游魂们三三四四地赶到弄头弄面躲了，有的且还像逐臭的苍蝇似的，飞集到里屋弄口的垃圾桶上，抓着，拍着，寻觅抛残的饭粒和骨屑去了。

"毕竟是——"高的拍一拍矮的肩，"中国还不至于亡呀！还有个把维持秩序的人哪。我在日本时候——"

"唔！"这回矮的却没有话说了。他似乎感到些悲哀。那个警察和自己的搭当，都穿皮鞋。走路挺有精神，挺有威风。只有自己穿橡皮鞋！走起路来，咕咕地像缺牙的老太婆赌咒似的。

"然而——"可是心头又转了个想头，"走路轻快却没有这橡皮鞋好！虽然我钱袋也不大景气。但——"

"但咱们现在应该弯向那儿走呀！"高的在歆生路口停下来了。

"春阳旅馆——春阳旅馆呀。可不是吗？"矮的仰起头来笑。同时也站了下来。一个姑娘和一个老婆婆，便从这一对站着的配当中间穿过来。高的和矮的一起回过脸看那个姑娘。一张粉白的脸，两片火红的颊。眼是浮肿而倦怠的。全个身段显示出来成熟的斫伤。

两个人皆忘却应该说什么了。

"阿是——去哇！"立刻有一种做作的声音从耳边浮起。那老婆子的一张文旦皮似的脸，就出现在他们两人眼前。

"哼！"各个从鼻子吐出一个轻薄的声音。各个觉得眼睛应该洗个澡才会干净。于是立刻把眼睛向中山路那头漂去，想找对冒着烟样的光的眼的海！

"不是吗？"矮的却挥起短腿走了，同时从裤袋里取出一张纸头，"大汉公司对面春阳旅馆十三号！请来一叙。此致敦仁，李安二兄，弟胡一元上。"看着，就念了出来。

这回是高的跟着矮的走了。但高的总觉得一举足间会把那矮的屁股踢破似的，不敢放开大步来。

春阳旅馆是在大汉公司的对面。可是大汉公司的屋顶却高过春阳旅馆。大汉公司的门面，也阔过春阳旅馆。这天生的一对配当，走到大汉公司面前，却还找不到春阳旅馆。于是又在人行道上站了下来，伸着头往大汉公司望。

大汉公司是三大开间的洋台门面。左右两边，是镶着很大玻璃的陈列窗。窗里凌乱地杂放着过时的布匹。那些布匹的颜色，不是过分的绿，便是过分的红；全是些单纯的原本的颜色。没有复色和套色的。布匹上的花头，也大都是团花，或回龙，绝没有立体形的图案。——真是保存着"农村都市"的中古的情调。但在这些布匹之前，却又歪歪斜斜地挂着不少的水灾奖券（每个窗上，挂有百来十张。）在晚风中骄傲地飘动。

大汉公司大门上悬着个白沙罩的大灯。太阳也似的灯光，照出水门汀结成的墙壁上一大横条灰黑色的水痕。像一个大铁箍似的，揽腰地抱住这个大洋房。恐怕这大洋房里的买主们挤得太多了，会爆炸似的。但此刻呢，大洋房里除了鬼影似的点缀着几个伙计外，却什么也没有了。连说话声也是寂寂的。真是一座墓墳也似的空虚呵！

两个人于是各个吐了口冷气。过后，身上潮出了一阵汗。

"唔！热呢！"矮的转过身来，正看着马路的对面。

"是呀！"高的也转身往马路左右望。

"这个不是吗？这个不是吗？"突然矮的叫了起来，指着那斜对歆生路口装着个绿色阔下檐的那门面，"这上面——这下檐的横条上，不是写着春阳旅馆吗？"

"正是——"高的有点不高兴自己的伴当居然会有这一着聪明的发现，"正是——在日本，是没有这么难找的。门台上也不给装上个大电灯。一点也不那个，那个——我在日本时候……"

两个人揽马路地冲了过去。

春阳旅馆的十三号房间，百支光的电灯，雪亮雪亮地开着，照出房间里一切陈设。

房间是横长的。窗门正对着大汉公司的洋台。靠窗放了一把长形的沙发。进门那头两把沙发椅夹着张厚玻璃台面的茶几。一张净洁的炕床，是靠里的，炕床外，且隔着扇回龙的圆洞门，白纱帐半张开地，在洞门外低低地垂着，和这炕床隔着条板壁的，是洗澡间。洗澡间外，又横陈着一张铜床；也是一领白纱帐整整齐齐地笼罩着；多少带有些色情的刺激的红绸单被，靠在床里边折着。印花白毯子，像暗暗地讥刺人们那一种卑鄙行为似的发着白光。

房间的墙壁是纯白色的，在电灯光的照映下，全个房间泛滥着雪流。窗外的风，带着煤烟臭吹来，但在这白光下，却使人们增加了一股凉意。这时候，房间主人胡一元，正躺在炕床上，做他"得意文章"。

炕床中间，放着只红木盘子。盘子正中是盏鬼火似的烟灯。烟灯旁放了些装满烟膏的银盒子之类。左边侧卧着的胡一元，正右手托着根烟筒，左手拿着根烟针，在装着烟。右边侧卧着一个胖肚的大汉子。

烟灯的光着慌似的在发透。正像蛇舌似的，常常从罩的圆孔中伸出来，舐炙那烟筒上的烟膏。胡一元却也很机智地跟这蛇舌似的灯火嬉弄，等那蛇舌真的卷住了烟膏，发出一阵火焰时，他立刻用大拇指和食指去捏住烟膏，捏灭了火焰，且把烟膏捏成圆圆的一小颗。同时，一阵渗骨的幽香，也从指缝间发出来。使自己的喉头，反应地咽下了一口唾涎。这样地边烧边捏，经过了三四次，直到最后才用烟针给烟头打了一个小孔，一管烟装成了。胡一元开始"嗤各嗤各"地吸起来了。

尽这么地，胡一元一管又一管地吸着。心里也就飘飘然了。忘却了他眼前一切困难：银行的停付，上行的催款，中秋节逼近，保险费的拖延，门市的冷落，银根的拮据……一切的一切……唯有"这个东西"是真实的了。

"嗤——"又完了一筒了。胡一元于是暂把烟筒推在一边，坐起。从炕床一边，提过一壶热茶杯来喝。喝了两口，放下茶壶挺一挺腰。回过头去，跟那对面的大肚子一笑："怎么样？你也再来一筒。"

大肚子挺起来了。身子转动一下。浓黑地压住两眼的眉毛，向上一挺。南瓜形的脸上，裂开一痕阔阔的笑。

"要是再来一筒，那也可以，不过——呵，"大肚子一边取过烟筒来，一边说，"不过——你已经抽足了吗？"言语间也显出逢迎，也显出自己心里的怯弱。

"无所谓，无所谓，你来吧。"胡一元说着，两脚便弓形地竖起，双手抱着膝盖。接着嘴里又微微地吟出：

"上山问童子，

言师采药去。

只在此山中，

云深——不知处。"

吟着吟着，跷着的脚趾，一起一伏地押着拍。一等大肚子装完了一筒烟，呼呼地抽了起来，一圈圈的淡白的烟雾，云似的弥漫在整个的炕床上，胡一元才灵机一动，突然回过头来问：

"你想，这言师采药去，是采什么药呢？——我想一定是括烟膏去了。因为云深不知处呀！你看咱们眼前不正是云深不知处吗？哈哈！"说了也就一阵哄笑。不待大肚子称赞自己的说聪明的发现，自己先已赞赏起来了。

正在加紧工作的大肚子，连咽那些个烟气，都在恨自己喉头少长了几个似的，怎么也没空闲儿来回答这话，直等到烟头烧到最后的一点再也抽不上烟来了，于是也照样坐起，闭着嘴，不让烟气透一丝风，连忙提过茶壶来喝了口茶，连茶带烟地吞下了肚去，然后才透过气，跳下床来，拍着手叫："真对呀！真对呀！只有像你那样才可以注唐诗哪！"

大肚子的拖鞋声在炕床间铁笞铁笞地响，门外却送来一阵耄笃耄笃的皮鞋响。

"是谁呀？"胡一元淡然地问，声音颇显得老到而带些轻慢。

"是我。——我们。"昂然地回答。

"郭仁和李安呀！"尖脆而清明。——带有从凡华琅弦上颤出来的情调。

"哦！"胡一元立刻从炕床上跳下，走出了穴洞门，大肚子跟在后边。

一个高高的几乎顶住天花板的瘦影，和一个矮矮的肩头跟室内红木方桌相平的胖子，出现在这十三号房间内了。

"哦！"鹅蛋形脸盘儿仰了起来，胡一元抢上一步，用着长过手指的短褂的手袖，行了个鞠躬如也的揖，"难得！难得！我那条子接到了吗？"

"自然咯！"高瘦子低下头来，瞧着胡一元，同时，拼命抽吸着鼻子，"唔！香呢！"

"香呀。"矮胖子仰着头，从天花板，屋角溜眼，像要寻出这房间里秘密来的。

"可是有些什么事呀？"高的又问上一句。

"没有什么，没有什么，"胡一元一屁股坐在长沙发上，同时，又请他们两个坐在靠入门那边两张沙发椅上，"老朋友，也得常常碰碰头呀！开个房间洗个澡，趁便又得谈一谈天哪——"

既然是没有什么事，来此不过白嚼蛆。两个人却不曾预备这一套，便也不免有点茫然了。嘴上搁着很干燥的笑。随便向屋子四面看去。于是谁都注意到站在桌角那个大肚子。——一身白纺绸短衫裤，粲粲地裹扎着的大肚子。

"哦！"胡一元重又站了起来，介绍开始了，"这一位，是我远房娘舅。是个师长资格。——而这位呢，哦！是我日本时代同学，在东亚预备大学里同学。新文学家，曾著《国民文学大观》十万言——这位，嗳，我的娘舅，你别瞧他人矮腿短，却是个步行全国的好汉呀！真是难得，难得。"

"哈哈哈！"跟着这介绍词而发出来的，是相互间表示"精诚团结"的一声哄笑。"哈哈哈！"于是，房间里又归静寂了。雪流似的白光，折闪在各人的眼前。相互间又换了个会心的微笑。——实行"幽默"起来了。然而不久，这《国民文学大观》作者终于打破了"幽默"，向大肚子打了个揖：

"贵师是属于哪一军的？"且还和蔼地问。

大肚子像给堵住了嘴，再也回不上来，在杌陧不安中，尽把肚子像地球仪似的转，转着，转着，"不，不，不，"击鼓似的声音也一声两声地漏了出来。

"呵！哈哈！"胡一元二手抓起松白色绸裤子拍呀拍地拍起腿来了，带有刺的眼光，尽向大肚子脸上射。"是属于娘子军的呀！娘子军——你知道吗？"

"娘子军。"步行半个全国，然而不曾找到半个娘子军的李安可愕然了。

"是呀！你算我是娘子军的师长，可是你呢！"大肚子立刻转向胡一元那面来，"你少不了也是个旅长了吧！"

"可是我到现在还只干上半百零一个呢。"

"但我也不至有几千吧。你——你，再说，年纪还轻呢。要是活到像我那样年纪，你准有军长——军长资格了咯！"

胡一元立时变青了脸："活到像他样年纪，这是一句什么话？这简直是枚针，直穿入自己心里。他现在四十六岁了，自己还只二十四，还差二十二年。唉，别说这二十二个年头没法打发，便是眼前，眼前——"

"那我只有再发几次彩票横财！才办得到哪。"胡一元挥着手，踱了起来。"像我爸爸那样的，爸爸……"

记起了爸爸，胡一元的脸又由青变白。爸爸便是在军阀时代发行塘工券、慈善券之类起家的。直到他死时，大英租界，法兰西租界，日本租界，全有铺子，大大小小不下十来家。自己身边不带钱，可跑遍这里全个地面。哪条街上人，不认识自己，哪家酒馆，不认自己账。就是一所同乡会学校里，爸爸也捐出三万元基金，而现在——

"他妈的。好事做不得。"胡一元又突兀地随着自己想头说出来，"爸爸做的功德，到儿子时代，连一个挂名的校董都没份了！——我——我要问问你们，"说着在两把沙发椅前面站下来，"你们学校里情形怎么样了？"

"中国学校总是那一套，"《国民文学大观》作者瘦子，觉得这一问题，倒是他做文章的绝好材料，便冒了这一句开头，预备来感慨系之地论一下。"我在日本。我在日本！——就全不是那个。中国学校里，也是党党派派的。你不对，我打倒你，我来做！中国学校里教员，全欠缺些国民观。那个——那个，国民之观呀！……"

"那么你俩总该是一派了哪！你俩？"胡一元漫然地问一声。脑子却又向别的方向活动起来。"可惜我没打着彩票。——真是太那个妈妈的了。娘舅！你想是不是？要是那一次，那一次，咱们和那批人讲妥了条件，让咱们来发行一种水灾奖券……嗳嗳！实际上，不说那次也可以，前两礼拜，我到河南去，要是这件事包定了，也就行啦！就地军政界全不成问题，偏是河南那面——唉！总商会也太作难了。总商会——可是这个东西真不差。只要米粒似的一粒，放在香烟上，一抽，便会通体舒畅了，通体呀——通而体之舒畅了……"

"唔唔！"大肚子娘舅这回沉下脸，做一种肯定的回答，"现在真是非讲点出路不可。便是我银楼，唉，讨厌之至！水灾之后，还来一个'一·二八'！虽则不曾

'一·二八'到这个地面，可是总店倒了霉，可是，唉唉！……"

大肚子娘舅和鹅蛋脸外甥，于是又像"酒逢知己"似的大谈其生意经起来。但谁也不相信，这样景气的大肚子娘舅，却有那么一大担子不景气的忧愁。

那位《国民文学大观》作者，对于这一段谈话虽然觉得有点渺茫。但平时却也频频研究国民政治经济学，便也掺入来说：

"真是天灾人祸！真是天灾人祸。实际上，日本为其本国打算实无发动'一·二八'的必要！老李你看对不对。"说着，好像恐怕冷落了坐在一边的伴当，又回过头向李安打一个招呼。

可是李安却只一味地笑，微微地点着头，并不参加这有关国计民生的讨论。

"不过——"但胡一元却回过头去，想给《国民文学大观》作者的话转了一转向，便自己一屁股仰倒长沙发上坐去；而大肚子也同时退坐到床边上去。

"不过——"胡一元再"不过"了一下。可是想不起应如何接下去，但在招待朋友那个意义，他又有话说，

"不过你们喜欢抽这个吗？"说着又把大拇指和小指伸

成一直线，做成一支烟枪的样子，同时，还把大拇指尖头接在嘴边。

"不，不——"郭仁立刻摇起头来，"这是有丧国民元气的。使不得！使不得！我在日本时候，就——"

"那么，咱们开饭上来吧！"胡一元于是又挺有精神地鹘落站起，按了按电铃。

酒食开始了。四个人间，除《国民文学大观》作者把抱着烟酒那些奢侈品，有损国民经济不喝一口外，三个人差不多是酒缸和酒罐子并在一起了。他们一杯又一杯尽不断地喝着，他们的话也一串又一串地更多地谈着。谈到合意处，这一对娘舅外甥，又合拍地摇起头来了。

"没有话说，没有话说。"外甥摇头叹息，但还显得几分泰然，"我说过了，柜子上进来的，却还是抽屉里出去的多。门前的花子，比买主更多。开销是少不了的，场面是要摆的。上行——呵上行。做生意的人，又哪里怪得了上行。但我也不怪自己。说起来倒也有趣。爸死下到现在，钱也不全是我花了的。是气数使然。要说我不会讲生意经呢，我却也能见风使舵。但六七年来，总是——总是——总是一个'唉'字。只有那一年，宁汉分家那一年，交了一交运，陈年古旧的东西也当作时新货卖了。一角钱的，要卖到头两元，甚至于十多元也难说——这一年是，是——唔，到第二年呢？唔！不用说，不用说。来，来！你再喝一杯？再喝一杯！"

"还可再喝吗？"黑眉挺了一挺。南瓜脸又裂开了一条大缝。杯子齐齐地举起："那么你——唉！你李先生！来来！也再来干一杯哪！"

喝着闷酒，不说话。李安已经有点飘飘然了。但也笑着接受了一大杯。

"好呀！痛快！痛快！将来吃你喜酒！"胡一元看李安这一付大家风范，举起杯子，碰一碰李安的杯，说，"可怜这矮哥儿，还不曾在娘子军里挂一个名，当一名小兵呢？"

"哈哈！"李安不禁给这话说笑了，然而立刻不知怎的，心里一阵酸，把空杯向桌上一掷，身子踉跄地站起，又旋倒在长沙发上："这小娘鬼，你也敢装腔作娇！老子不稀罕你！老子！"说着，口吹着白沫，又呼呼地睡去了。

"丧元气！丧元气，"《国民文学大观》作者暗暗地自诵着，"这是丧国民元气的。日本人决不这样烂醉，除非是樱花节——我在日本时候——"

"呵！呵！我呢！"大肚子的南瓜脸，正像大地球仪上一个小地球仪，此时，也在旋转了。"我也想——嗳，再来一杯。要是这一杯也给打翻了，那么，咱们也就完了。一元，你算过没有，这一次奖券，除了印刷费，可挣有多少赚？常言道，马无露草不膘，人无横财不富。现在时候要想从正常行业中赚钱，那是做梦了。一元，你以为是不是？就我本行说，人家饭也没得吃，还有谁戴银戒子，用银耳挖；嫁女儿的，是送；二十岁，二十元钱；巴望有人去垫脚！所以，这个年头儿，我做师长的也没味儿了，你可别再望升军长啦！"

扶着桌，立了起来，桌子左右地摇了摇，桌上碗碟琤琤琮琮地响起，大肚子也退到床上去高凸着肚子摊手摊脚地睡着了。

沙发上的步行家，在醉梦中全以为这碗碟声是什么音乐的声音，反感地挥起手来，做一个拉凡珴琳的姿势。"好的，好的，亲爱的姑娘呀！你跳一个华尔兹舞吧！我来拉琴。呵！呵！呼呼……"翻了一个身，不禁呕吐了。

"笑话！笑话！"胡一元最后放下筷子，站起，"竟那样经不起！我胡一元虽然年轻，却是风里浪里过的。"说着，长长的短褂袖给拉到肩头。

《国民文学大观》作者颇有些感慨了，趁势加上一句批评："太无谓了，太无谓了！"

"但是——我倒还要来一曲黄鹤楼头吹玉笛，江城五月落梅花呢，你别以为更无谓哪！呵……"笑着，胡一元攒进到炕床间去了。

抽烟声还不曾发出，郭仁正在凝神地想着一篇禁酒救国论的文章，突然门外起了一阵杂踏声——皮鞋声，布鞋声，姑娘们的笑声，男子的假叱声——接着门又呀地开了开来。

"胡一元！胡一元！"

"胡大少爷！胡大少爷！"

一种摩平了尖角的男子声和摩擦锯齿似的使人神经发痒的女子声，也和启门声同时发出来了。

一个灰色西装的中年俘虏，被一群娘子军拥着进来。——那些娘子军的脸，全像烂熟的桃子似的抹着红。

《国民文学大观》作者，立刻沉下脸来，同时还退到屋角去。

"唔！红色恐怖！红色恐怖！"又复低低地私自低诵着。

俘虏和娘子军似乎也被这严肃的空气吓住，一时不敢怎么放肆。但炕床间的抽大烟的呼呼声，却又像吃橡皮糖似的，给这闯入者们吹得有活气了。

"哦唷唷！原来胡大少爷，不做旅长哉！"一个观音脸的，大着屁股，立刻抢先往炕床间去！"乃阿是搭架子格。"同时还说出一口不苏不白的苏白来。

放下烟枪，揽腰地把那个大屁股抱了过去。咱们是老相好呀，来，乖乖，吹一曲，提一提神！让你跟"红头"文学家，来一蚵夜战牛头山，长些儿威风哪！

"啊呸！乃小心儿扭坏乃个嘴巴格！"推着，大屁股又复站了起来。瞧着洞门外，两个仰卧着的醉人旁，这时居然已经各个坐上了两个"女同仁"了。而那醉人，居然也动手动脚地不知在动些什么。只有《国民文学大观》作者还在屋角频频地摇着头。

过后，也走起来了。《国民文学大观》作者想洗一洗澡，好像一身已经全给这屋子里空气弄脏了，非用胰子擦一擦干净不可。但当他正想向洗澡间走去之间，炕床间里却送来一声叫。

"老郭！你来！你来！"声音显然是胡一元的，"我给你介绍一个朋友哪，一个朋友——"

　　不容踌躇，转了一转身。老郭进了炕床间。

　　炕床间这时是：床上一对男的，横躺着；床边一对女的，各个抚着男的腿子悄坐着。四对黑眼珠子，像四付银铐子，把老郭四肢铐得僵僵的了。

　　"我给你介绍一下，"胡一元挥着烟筒说，"这一位是咱们汉口唯一的文学家。"

　　"俺！"一听文学家三字就不免生气。自己著了百万言《国民文学大观》，却还不曾捞到这衔头。现在胡一元居然轻易地把这桂冠戴在这人头上。好像把自己打下在三等作家里。真有点妈妈的那个。然而那个不了，还是学一学释迦的乖。哼了一声"俺"吧。

　　"嘻——"对方男子可起起身了，脱去了鸟打帽的头，在烟灯与电灯光交映下，显示了出来。滑泽得发光，红润而略带乳白色粉点，那男子像故意把这值得赞美的头顶，给《国民文学大观》作者看一看似的点了点头。立刻又仰卧倒去，说他们自己的话去了。

　　"老实，还有一件事——那，那太平洋饭店那边，等着你呢。……我以为，你——你虽然不要这一份。——

这一份每月五十元津贴。在你真是算什么呢。不过，不过，那是咱们报骗子——嗳，是咱们办报的人，应得的权利。终究，咱们——咱们还办着这么个大的大报。而你，而你又贴了点本。有的人，哼，平时，平时不出报。不出报，一到月底了，要领干薪了，便，便连夜，连夜赶印半版屁文字，称是，也称是一家小报了。五十元——五十元，也还是要拿的……"

"哈哈！"抽着口烟，喷着一声笑。胡一元像鹭鸟似的伸一伸头颈，"也还是拿咱们的呀！特税局还不是税到咱们吃的人身上——嗳，这且不必说，我还没有到没饭吃的地步，让你们去多分几个肥吧。我可——我要干——我是讲整数的一千两千，一万两万！——唔——你别摸我蹩脚了呀！"说着，用手推一把那旁边坐着的女人。手刚落在那女的奶奶上。女的假意地叫出了一声淫荡的"嗳！"接着又"不要动手动脚呀！"说了一句，表示自己是个多么正经的女人。同时，又看到对面坐着那个女的，却在做鬼脸，手指指那个还在抽烟的胡一元，像叫她自己该对这旅长有更进一步的动作。

"那么——论梅花歌舞团那篇文章呢？"红底白点头

又摆动起来了，"权利不要享，义务总得尽哪！再说，这码头上，用你名字发表文章是响亮的，响亮的"。

"文章吗？哦哦！老郭！"胡一元又叫起来了。

在炕床间站了老一会儿，给他们冷在一边不理的老郭，正起了一阵埋没英雄之感，想荡出炕床间外去，这时，又给胡一元突然叫住了："老郭，你给我做一篇文章，骂骂梅花歌舞团，如何？你说，你说，我旅长阅人多矣，那些歌女的大腿，大腿呀一点也不那个！何况，何况，她们连咱们记者也不招待。我是，唔，我是，唔。……"烟筒又搁上嘴边了。

"但——"《国民文学大观》作者，回过身来，"但我此刻要洗澡去了。我非洗澡去不可了。——过会儿，我可——可给你做一篇歌女必须洗腿论吧！……"说着，竟向洗澡间走去，谁也不知道《国民文学大观》作者，在如何构思洗腿论了。

"不过——今晚，今晚她们总算送了五张入场券来。五张——"红底白点头的文学家看看《国民文学大观》作者去远了，才安心地又从衣袋里探出几张红纸片来。

"五张！五张！"一声麻麻的尖叫声，屁股上又像给蜂刺似的扭了一下，红头文学家立刻翻起身来，拍着屁股说：

"糟糕糟糕！有臭虫，有臭虫呀！"

"嘻嘻！"这善做鬼脸的"白粉共胭脂一色"的姑娘，低低地笑了，用眼示着意，也在叫对面那个女的这么做。可是正当她一霎眼间，红头文学家鸡爪似的手，一把抓住她裸着的臂膀。

"哦！原来是那么样大的一只臭虫！"

"臭虫嘛，"坐在洗澡间里的《国民文学大观》作者，听到隔壁在讨论臭虫问题，突又心血来潮了，他想，"我在日本时候，臭虫是叫南京虫Nekin Musi的。而在现在的国民经济破产的时候，咱们读书人，却全变作臭虫阶级了。"

可是坐起在炕床上的胡一元，却摇着手阻了红头文学家对这女臭虫的作弄。

"总之，虽然是只臭虫，却是叮在你心里的哪！心里——"

"哈哈！"于是一阵阳气的笑。可是笑声中突然有一个奇怪的声音夹和着："少老板！少老板！"

直等笑声停止了，又是"你倒出来一下看"一声——是带有点恐怖的声音。

胡一元立刻拖着拖鞋走出来，屋子里找不出那刚才颇熟习的声音的播送者。坐在醉人旁边抚着，摩着，抱着，各自陶醉在男女的谑笑里的两个"女军长"，却对胡一元往门外呶着嘴，示意。胡一元又走出门去。

仅仅一秒钟工夫，胡一元神色仓皇地进来了。房间里灯光也立时苍白起来。

"去！去！你们赶快出去！货来了！货！"

一听到货，本来是属于臭虫阶级的她们，自然惊起了，嘴虽然笑着，心却没有一时候放平来过，这是她晌晚时的生活。胡大少爷的多少带有点吃惊的像风吹着壁缝的"去去"声，自然在她们的神经的末梢很快地起了个反应。她们立刻肃然敛容地悄悄地退出去了。接着胡一元又请走了红头文学家，和尚在沉醉中的步行半个全国的李安。于是再一把拉起自家的娘舅，低低地贴在娘舅耳边说：

"糟了！娘舅，给触出蹩脚来了。那卖发财票——那水灾奖券呀——赶快！咱们先走吧。先走了为是！……"

两个人也踉踉跄跄走着出去了。

只有《国民文学大观》作者，还在洗澡间里洗着澡。

"我在日本时候，是一天洗两次澡的。"想着，"然而中国人不洗澡。所以中国人是善于保存身上污垢的，所以大腿非洗得白来不可。惟身上之污去，则身外之物得保，而歌女亦能叫座，而大引起观众之赞赏矣！"

这是《国民文学大观》作者想定的最后的结论。

文思一构成，身体便觉内外舒畅了，再用干布抹了抹身。《国民文学大观》作者施施然开了洗澡间的门，走了出来。

房间里却换了一批不同的角色，全整整齐齐地穿着梭黑色制服。说不定欹生路上为他驱散马路巡阅使的秩序维持者也在着呢。

"你是胡一元先生吗？"那些人中的一个，挺有礼貌地前来招呼，"大汉公司是你开的吧。可是——你却假造水灾奖券。咱们已经查有实据了。请你今晚到咱们局里去一去！"

一个梦，落在郭仁先生身上。真是有眼不识泰山，连十万言的《国民文学大观》作者也不认识。不认识了呀。然而郭仁先生说不出话来，不特说不出话，连刚才想写的洗澡救国论也全给忘得一干二净了。

郭仁先生给带了去。在马路上，昏昏然给夏夜的热风吹醒过来。郭仁先生记起了胡一元跟他娘舅说的一席隐约的话。于是整个汉口塌在他眼前：高低不平的三新街，一连几十家的烟馆子，出窠的蜂似的马路巡阅使，垃圾桶旁的游魂，大汉公司墙上的黑水箍，肚子十分景气的银楼老板，女军长，臭虫阶级，文学家的红底白点子的头……以至于洗澡间……二十一年大水灾与洗腿救国论……

我在日本的时候——高个子郭仁先生感慨了。

# 额角运与断眉运

## 一

小宁波一荡出大生弄，就把两手插入裤袋里。

"唔，娘的。这一回全凭你啦！"

心里那样的一想，左手抓住了裤袋里那个东西。生硬的，但是有热辣辣心肠的那个东西。

走路是缓缓的，装出漫不经意的一副闲荡的神气。可是心呢，却是急的。巴望时光赶快飞过去，立刻过完了这一天。

"可是——"

小宁波立刻安慰自己这心急。但想不出怎么安慰法，也就"可是"不下去了。

荡着荡着。往左往右看，没有电车，也没有汽车，穿过了民国路。"唔！来到法租界了。"

小宁波想："真是个容易拆烂污的地方。这上海！要是在中国地界犯了案，跨过一步，就可以做个体体面面的人了。警察老爷！菖蒲人！我给你一只卵尝。"

想到犯案，小宁波不免起了一阵寒噤！白白嫩嫩的脸上，长了不少的鸡皮栗子。可不是吗？两礼拜前，自己还是住在漕河径大屋子里。虽然日子是短的，四个月，真是一霎眼便过去了的。但也花了不少钱，四百，八百，唔，足足花了一千了。好在于我小宁波呢，是云里来雾里去。娘的，管得那么多！

"可是——"

走到了新开河转角，小宁波心里又来了一个"可是"。

"可是这回还是去干那笔买卖呀！好在这次不在娘的中国地界了。娘的中国地界真不容易施手脚！"

有一点怕，但也有点快活。四个月前，在小东门一家当铺里，小宁波和小山东、小无锡三人，来过那一手。事情出了岔子，给铺子里一个小伙计跟住了。到了第二天，董家渡给他们"菖蒲人"抓了去。虽然吊不出赃。——娘的，钞票，洋钿又不是你当铺自家造的，你能一口咬定我吗？可是我那张小白脸上眼角里一个瘢疤，却做了自己的证人了。真是乖乖咙底冬，没有话说。——没有话说，然而洋钿钞票，可会说话咯，小宁波还是个小宁波，出来了，惬惬意意在马路上荡！还有谁可跟小宁波咬卵！

不过小宁波终究不惬意于眼角上这个瘢疤。一切苦头都是这瘢疤招来的。论年纪，还只二十三岁。算命先生说过，三十左右，行眉运的时候，免不了一个难关，因为这眉角给打断了。那么，我小宁波的眉运怎么行得这么早！

说起来，又要怪许为吊眼睛的不是。那一年，小宁波在鄞江桥一个小学校里读书，讨论到女人生儿子的问题。有许多同学都说，是从妈妈胁膈下生出来的，而且是他们自己妈妈亲口告诉他们的。但也有的说是妈妈肚脐里养出来的。只有许为吊眼睛说是妈妈屁眼里挤出来的。

"那么你是跟屎一淘儿出来的！——你是一段屎呀！屎呀！"

自家这么一说，全教室里同学都笑了，都叫他屎，许为生了气，把石板向自家丢来，刚巧丢在眼角上。给丢破了脑壳，流了三大碗血……这以后自家脑子就笨起来了，书本跟自家成了冤家。后来读到高小，毕了业，还是个白肚皮。到了上海，起初是在米店里学生意。娘的，这苦头却不是人尝的。扫地抹桌，捧水烟袋……还有——那个账房，真是狗入的，看中了我这张脸，向我那屁股打算盘了。想起来真是羞死人的。高小毕业生，现在可不吃香了。前十年，怕不是秀才底子，得在乡下摇头摆脑。偏是我小宁波迟出十年世，到了这步田地。可是有一遭违了账房先生尊意，又给撺出来了，转入一家银楼里。偏是上海花样多，老板好做标金生意，把好好儿一家银楼，都跟着标金跌价跌塌了。这么着，我小宁波就给赶到街头上，跟那些白相人混上了。弄到此刻只好吃这一口白相饭……

"便是这一口饭，有什么吃不得！总比叫屁股受委屈那生活强得多咯。"

走出了新开河，外滩展在眼前，小宁波的两手，紧紧地贴住两裤袋。

外滩一带的码头工人，真像蚂蚁那样地在爬。他们大都是灰沙做成似的。小宁波在乡间冷庙里看到过金泥剥落的周仓塑像，准以为那些工人是泥土做的塑像。黑的手，黑的脸，可没有那塑像那么丰满了！但这泥做的人，偏是那么个活动。有的曲尺形的，背上驮着个结结实实的麻袋包，像要把背骨压瘫了似的驮着走；有的，却是两个泥人搭在一起，用竹杠抬着挺重的磨石也似的包裹，口里哼哼呵呵唱着歌，振作振作最后一点精神；有的散着手，从码头那面走过来，肩头披着破袋皮，怪没劲儿地搬动着两脚；有的，从堆栈里，推着一座屋子那样大的木箱出来，各人两手扳住了一角，两脚摆着弓字势，用力地推着推着，面孔由紫而黑，于是那一屋子大的箱子，才微微转了一个侧，仍旧着着实实地躲懒在水门汀上不动。……

"这真是何苦来！"小宁波想，"为谁辛苦为谁忙？像我小宁波这么地过日子，不还是白白胖胖嫩嫩的，要杀几只'野鸡'就杀几只，只要身边有几滴血。"

小宁波只会摇头。小宁波不愿让屁股受委屈或是挨饿，强起来做人，所以现在便感到这上海是小宁波的，而这些蠢猪，只知道低着头做人，便也不得不把自己送给上海奠地基，算作是上海的了。

"可是我小宁波却得安闲地在这地基上荡！"

小宁波仍闲荡似的沿外滩走去。走过了爱多亚路，到了大英地界。在这里，景象显然不同了。高耸云间的洋房，挺胸凸肚的洋人，满脸络腮胡子的印度阿三，这些就是强盗，强盗的仓库，强盗的帮手，三位一体地镇压着整个的上海，整个的中国。把中国内地的人民，抓了出来，吞了下去，接着，又吐了出来。小宁波也类于被吐出来的一个渣滓，然而小宁波不自知，小宁波却光感到上海是好的。上海是有趣的。

"可不是吗？"小宁波想，"上海真是个够寻开心的地方！人家说，到外国去一趟可不容易哇。要人们放洋，报纸上多用大号字刊登，而我小宁波呢，却是不到半个钟头，走过法国到了英国了。——"

"而现在呢，我小宁波真的还要放洋了。——"

小宁波于是走到太沽码头，预备渡江往浦东去。

码头上站着不少瘪三。他们大都是些象征派诗人——唔，错啦！他们是神秘派诗人哪。他们裸露着像铜像那样的发绿的上身。下身呢，或者用一块破布围住，或者用破袋套上。他们尽日夜地站在江边，听着江边的风声、人声、叫卖声——天籁与人籁的合奏，他们还看着江上的汽船帆船以及威风凛凛的外国兵舰，兵舰上的白服黑边帽的水手，兵舰下汹涌的波涛。同样他们还数着马路上的电车，汽车，巡捕的棍子，行人的足影！他们像在寻诗料，然而谁也瞧不出他们在寻什么诗料。

小宁波看到这些人，就大大地瞧不起。有意无意地向江边吐了口唾涎！

"好汉要做得个明明白白。你有钱，我有性命，那才不怕人笑话！没中用的，偷偷摸摸地，连吃官司的资格都没有的。"

小宁波登上码头，又往那些小瘪三身上投了一个眼光。同时右手从衣袋里抽出往靠码头浮着的划子一招，立刻有四五个船家上来兜生意。

小宁波跳下了船。

"四只八开你给我撑到对面去！——陆家嘴上岸。"

小宁波一屁股坐在船档上。左手也从裤袋抽出，扳住船舷，划船的看看小宁波那副神气，知道是个"海派"，也不再争价，唯唯诺诺地划起划子来！

小宁波看了看那划船的两眼，心里暗笑：

"入娘的！你还以为我是洋盘吗？"

接着，听橹声响起，也就心安理得地吐了口气。

小划子在黄浦江中，尽随着风浪，前起后仰荡着。划船老大却也尽一划二划地调剂着。一会儿船像落在浪峡里，要沉没下去了，一会儿船又抛在浪山上，像只飞机，要飞出水面去了。小宁波正经地坐定，可一点儿也不骇怕。

然而，小宁波却出神地想起昨夜的情景了。

在六马路一家燕子窝里。小宁波在抽烟，对着只"花老"可谈得有兴头。那"花老"一筒一筒地给小宁波装烟。娘的！母夜叉那样的脸，偏偏爱笑，真笑得自家个骨头给拆了似的。

也许是因为自家小白脸给她看得出神了，又是要来一套叫屁股受委屈同样性质的事情。自家反给这花老嫖了去。

小宁波正在愤愤地抽着烟，像要给那花老性命也抽出来似的用力地抽。这小小的燕子窝，又进来了一个小伙子。

是一家糖果公司的伙计，小宁波三年前早就认得他。——他是橡皮糖。

"嗳，你出来了吗？"

"这杂种，真好口气，也不称兄道弟！"小宁波想。然而还是从床上坐起招呼他：

"是呀！拿出了一尺血呢。"

"一尺？上千吗？"

"可不是。——坐下来，坐下来，抽一管，怎么样？"

那个糖果伙计——橡皮糖自然地坐下了。困在对面的花老，忙起来让了座。

"近来买卖怎么样？"抽了一管烟，橡皮糖坐起来说。

"不怎么样。什么都是倒运！——倒断眉运呀！有难关呢，我想洗净手来了！"小宁波一脸正经地说。

橡皮糖于是静下去，眼皮重重地压住，双手抱膝，像在沉思。

"你想，像我小宁波那样，什么事干不了。只要不起黑心，利生公司每天去一趟，弄十只老洋，是易如反手的！一天不又是可以混过去？倒还是身边有了几滴血，拼起命来，一场倒出，弄得个鸭蛋精光！"

"也许是的。"橡皮糖挤了挤眼，往那女人身上斜瞅了一瞅，低低地回说。接着他又说道：

"不过呢，观音菩萨也未必老是吃素的。"

"哈哈！你老哥真是好说，真是好说。……"

小宁波怪有味地笑。他挥着烟枪，指着人，摇着头。接着侧过身来，再去装烟抽。一边跟那女的说：

"你去，苏台旅馆十八号房间，去等我吧！"

那女人，那母夜叉，狼似的一笑，把脸上的粉一块块地笑得往下掉，胜利似的扭着屁股出去了。

"那么，我跟你老实说吧！"橡皮糖眼送着那花老屁股影子又倒下床去，低着声音说，"我有一笔买卖。可是我自家干不了。"

"你倒说说看，在哪里呢？"

小宁波装得满泰心的。好像所谓买卖之类，是提不起小宁波的精神了。小宁波是个满阔气的大少爷哪。

"不过你既无意，我也不露口了。走了风声，害了人家。于己无益，于人有损，那事我是不干的。"

橡皮糖言语之间，颇显得老成持重。他是知道的，屎缸边的狗，赌咒是没用的。还是橡皮糖似的软做吧。

"哈哈！你老哥真是笑话，便说说又何妨呢。这里横竖只有我你两个。"

小宁波真的给糖粘住似的有点儿心痒痒的难熬了。

"不必说，不必说。"

橡皮糖索性调起烟膏来了。

"说呀，说呀！——我小宁波一准干，那总好咯！"小宁波忽然又神采飞舞地坐起，"成功了，你两成抽现的，不要你费半个指头力气，怎么样？——我们那种勾当，少不了有你那样人，做个眼线的哪！"

于是橡皮搪咧开口来笑了，接着又粘嘴疙瘩地说了。

小宁波放低声来抽烟。抽了一管，又静静地装烟，立起了耳朵，声色不动地在听。

"……一共有两千多元呀！……两千元可还是小数吗？……"

橡皮糖说着，咽了口痰，真所谓"西瓜包红"的，两千像已到手了，橡皮糖是把算盘子打在成功那档上。

"唔。"小宁波装好了烟，不加可否地便抽。但这回可拼命地抽了。……

呼呼呼——嘟嘟嘟！

抽烟声，忽然变了汽笛叫！唔，怎么的？眼前却驶来了一只大来公司进口船。它像一只巨象，踏着江面，摇着尾巴，大步地冲了过来。划船老大于是把划子打直，更深更深地插入水肚里，一大把地一大把地划着。

那巨象一走过，江面掀动得更厉害了。小划船向左向右地倾侧，浪山矗立在船两边。好久好久，这小划船才穿了过去，给抛到浪头上。这样的冒了三四次险，它才慢慢儿划到了岸。

上了岸，小宁波立刻又把两手伸入裤袋里。于是走完码头，挨过警察的岗位。

"给你一个卵尝！"

小宁波一看到警察巡捕，就如碰到五百年前天生冤家！眼斜斜地看一看，心里骂了一句，左手便去按住那个东西。

"老兄，全仗你大力了！全仗你大力了！"

穿过了一个旷地。那旷地上零乱地散着屎堆，小便潭。一条长蛇似的小路，在这中间爬着。小宁波全像闻不到臭气似的走了过去。

"可是你在我那花老家里躲了四个月了。不知道你老劲怎么样，所以我要拣一个地方，给你试一试呵！"

小宁波像对手里那东西说话似的，陶醉在未来的成功里。走完了旷地，跨过了桥，往一条市街走去。转了几个弯，尽往东走。人声、叫卖声、狗声，以及屋子、煤烟，都抛在小宁波身后了。

眼前是一座荒凉的广场。只有土坟一堆两堆地横着。小宁波抽出右手。右手里一块黑铁，食指起处，那生冷的东西叫了："啪！"

小宁波的食指再起，又是一声："啪！"

前面是接续开发的两朵火花。土坟上草尖靡靡地摇动。小宁波胜利了。

"准没有错儿！这家伙还蛮灵光的，使得。"

小宁波又安然地回来。——这一晚，小宁波却在新

110

新旅馆里，跟他两位朋友，过了一夜。

## 二

穿着一通灰白色的哔叽西装，翻领衬衫，手插在裤袋里，在公平路这头踱到那头。——是一个苗那样嫩的青年。

太阳是灰黄的，老恋着这灰黄的世界，不下去，那灰白色西装有点儿着急。

两只眼睛往一家茶坊上瞟。两个带笑的，然而紧张的影子，也送来四只黑眼珠子。它们交换了一句暗语，那灰白色西装，又往华德路那头踱过去了。

路角上，是大生烟纸店。一家古旧的门面，腻成黑色了的烟纸店。大生老板穿着统蓝布大褂，泰然地坐在柜头里，抽着香烟，烟雾在他面前飞腾。大生老板的脸色是漠然的。

——娘的，谁看得出他还是个丝袜厂的老板呢。而现在却实实足足有两千元"壁在他身上"的。

站了下来，那灰白色西装这样想。

——要不然，也许是他说了谎了。可是那是他老婆说的；他老婆是在那家丝袜厂做工的。这可还有些错儿？对啦，俗话说得好，人勿貌相，海勿斗量，别看他是个小瘪三样呀，可还是货真价实道地药材呢！

站了一会，于是这灰白色西装，又踱了过去。

黄色渐渐消淡了，灰暗降下了两翼。灰白色的空间。

打着个口哨，茶坊里两个黑影子下来了。各作不认识似的走各人的路。———自家却也是个大亨哪！手下倒也不缺少帮手呀！

灰白色西装开始往唐山路绕过去，绕了个圈。两个黑影子已站在路角上，像在等车子。又是三对眼珠子，说上了一会话。

电车"打打打"地从提篮桥开了来。停下，下了些蠕蠕而动的渣滓。上了些黑簇簇的人。那两个黑影子，却是不动，也动。

灰白色西装走入了大生烟店。漫然地好一股硬劲儿。可是，怎的，心倒有点颤呢！

"买一管三炮台！"

说出了话，心也就给这话声镇住了。接着从裤袋里抓出了那个东西。两个黑影子，也急速返身向里，各个拿出了同样的那个东西。——吓！真的上海是我们的了！那灰白色西装重又心跳起来。

三只黑溜溜的小洞眼，对住了大生老板。大生老板来不及把搁棚里三炮台拿下，已经把面孔吓成了一张白纸。然而谁也没有打穿这白纸的想头，虽然这么做，不免放肆了一点了，但又谁知道十年前的大生老板，不曾走过自家走着的路。"放下屠刀，立地成佛"，你别光看现在佛爷们的脸呀！

于是六只眼珠子往里外警戒着，又发现了老板娘站在一角里。

"不许动！"

灰白色西装把跳着的心一紧缩，涨红了脸，对老板娘吆喝了一声，又把这小洞眼转到老板娘身上去。

在这苍茫的店堂里，矗立着两根直立的木头。——为了什么事呢，该让说一句话吧。然而舌头已变硬了。接着两根木头又颤颤地发抖了。

"你把那两千元薪工钱拿出来！"是强硬的凶恶的命令。

大生老板这才恍然了。"银子勿露白，露白要出脚"，然而谁给透了风声呢？大生老板在这时是有点想不过来了。

可是灰白色西装却又转入到柜头里了。灰白色西装也成了个黑影子。柜头外黑影，钉子似的钉住。身伏在柜头上，像在论买卖。但实际，是在门外把风。

"哦哦！"大生老板哦了两口气，舌头稍稍转动了，"好说！好说！"接着露出一痕苦笑。大生老板希望有个意外的际遇，却不曾把两千元爽朗地交出来。

"那么，赶快，三分钟，咱那小兄弟，可没有眼的。"

灰白色西装偏打着一口官腔，挺像个河南那路人。说到小兄弟时，也就把手中那个东西上下地挥动。

"可是我没这个数目呀，钱柜里有的，你们尽管拿了去。你们别听外面谣言呵！"

大生老板这时才活了一口气，眼睛射过灰白色西装的头顶，落在站在一角的老婆身上。老婆却也是个老上海，一面动也不动地面对着店堂后门站着，一面用下垂着的手，向灶披间里那个老妈子做手势。

店堂里像给大石压住那样的静。老妈子早感到了有点奇怪。隔着门孔，伸长脖子望，知道了是这一个数。两脚便箭似的溜出了后门去。

后门紧接着润德里。里口是前后通的。眼睛往左右溜了溜，找不到个人影儿，便也不出声喊叫。直向里口去，在往唐山路转角上，一把拉住了站岗巡捕，好一会儿说不出话。

"抢……抢……"

努力吐出了一个字！巡捕却立刻会了意，神色仓皇地抓住了手枪。

"嚯……"吹起了哨子。

一队紧身灰马甲，已在巡逻过来。一听到警笛，六个灰马甲，立刻在暗影中，像电流似的跑过来。

"公平路口……大生烟纸店！"

老妈子这时才说完了一句话，但没有回答。回答的是乱吹的警笛，是严肃而急促的跑步声。

各个把手枪提在右手。灰马甲马上到了大生烟纸店。——包围了大生烟纸店。

灰白色西装听到警笛吹，着了慌。唔！乖乖咙底冬，多早晚走了风声！真是断眉运年口。两个黑影子缩回了脚，全像个路人似的走出了店门。一辆电车"叮叮"地驶过，黑影子飞上在头等车厢里，遥远的逝去了。

灰白色西装赶不及夺关而出，眼前只看到灰马甲，也只得挥着枪往后门逃。但他不曾把枪机拨动。

"娘的，我也不害你一条狗命，老子存一份良心。天晓得！"

冲出到里口，又有两个灰黑色马甲挡了路，这回却不得不那个一下了。

"唔，而且又是直脚鬼，老子孝敬你一个卫生丸！"

"啪！"微微的一响，子弹粘住了膛，不过门。——娘的，乖乖咙底冬，偏是要紧勿得手，冲不破这两层围墙，又往哪里窜呢？折回头，跑吧！

跑过了三间屋面，往一家住屋门闪进。于是咽了口气，整一整西装，直往楼上跳。

"看孰侬呀？"住在客堂间的二房东，怀疑这来客的匆匆，慢条斯理地问。

"王先生在家吗？——楼上王先生。"灰白色西装急忙中吐了口气，装作个老来客模样说。

"吾倪家里咴不王先生格。"房东太太软洋洋地说。可是话还来不及收声，后门闯入了两个灰马甲，楼下的前门又有人在打门。

"奈格拉，吾倪家里咴不……"

"没有？"飞来一个强硬的山东口音，"咱就亲眼瞧见他躲进屋子里的！没有？！"两个灰马甲出现了，一个是一副碧眼睛，一副黄头发。另一个却是个黑大汉。

"……咴不王先生格！"房东太太这时才说完了一句整

话。但已明白了大半。转身往前面去开了门，又扑进来两个灰马甲。

"……奈格拉……奈格拉！……"心里明白，口里还是喊，房东太太全慌了。

哒哒哒哒，一阵踏梯声，压住了她的惊叹。房东太太还是手颤脚颤，前前后后乱闯了一阵。

前楼门紧紧地掩住。四个人一齐站直，枪口对准着，八只脚齐踢着门板。那姿势恰像操场上分伍教练的士兵。

"蓬蓬蓬蓬——哗啦啦！"

门给踢倒了！一屋子灰白，没有一个儿人影！

"到哪里去了？"这四副灰马甲，在紧张的心里，各个吐出了这句问话。

角角落落地找。终于在床下给抓出了一通灰白西装。

弄口的电灯已经发亮了。八个灰马甲，拥着一通灰白西装。西装上配了个苍白的脸。那眼睛，似乎在发射着血丝。——娘的，老子不怕你！

沿路，沿里口，全围着看热闹的人，黑头子像一簇簇成熟的罂粟，在这汹涌的呼啸声中摇荡。

灰白色西装这时重又吞口气。心里只感到有点重，不像前一刻的急乱了。用两只眼珠子往各人身上溜了溜，知道自家已经没他们那么自由了。

——然而，娘的，有什么可看！老子不曾做错了事，你们别以为没有老子那一天！看你们一百天里没事做，你们可不为肚子打算，走上老子的路？！于是也就吐口唾涎，给这上海的土地。

那时候里口那一头，也出了一桩事。一家临百老汇路的糖果公司，有两个伙计在打架。一个是矮小身材，穿着件茜色广东布长衫；一个是蓝布工人装，那工人装扭住了长衫，手里抱着一瓶橡皮糖。

"贼，贼，我送你到捕房去！"

长衫颓唐地不说话，让工人装提着领子往前走。他们扭打到巡捕房门前，载犯人的汽车咕咕地呼着气，直向润德里大门冲出来。车门敞开着，车里坐着三五个灰马甲。

汽车冲到了润德里口，黑头子人头都惊了开去。各个带着句惊奇的声音："年纪怪轻的！""洋装的学生呢！"也就没甚干系地散了。

把灰白色西装提上车，洋铐锵锵地发响。——"娘的！真是好买卖。这趟真的要出洋留学，去吃洋饭去了。"——"外国牢监，真真难捱，猪油拌饭，十一块地板。"——"这些个歌儿也给记起了，娘的，唔。"——不禁摇头笑了，死狼似的笑了。

汽车开回了巡捕房，全捕房震动了。"大强盗！强盗，强盗！"到处流着那么个声音。写字间里外国头脑，中国翻译，右耳上放炮似地支起了一支铅笔，一边在哇啦哇啦地讲话，一边在等待这一件重要买卖，直等到灰马甲们一个个跳下车，于是从院子里挟进一张小白脸来。

高柜台后面，像当店朝奉似地，坐着个外国头脑，威严地、冷冷地一张刻板的脸——像静安寺路马霍路那儿一对石像。他并不赏识站在前面的小白脸和小白脸上喷红的眼睛，他机械地翻开一本挺厚挺大的洋抄本上他应上的一笔账——那些被上海这部机器所榨压出来的"渣滓"的起居注。

"你叫啥名字。"站在那头脑身边的一个矮小的翻译，冷森森地问。

"我——叫——小——宁——波！"

"小宁波——唔！你好个混蛋！"翻译这骂声也是例规。骂得并不有声势，像老和尚的口头禅似的。接着，头脑也应了声：

"Shaw-ning-po。"

"唔。"小宁波应了声。——娘的，你这外国赤老，别那么傲。现在我小宁波总算给你吃住了，二十年后，我小宁波，又是一条好汉，看我小宁波不吃住你。

"你是哪里人？"接着，那矮子翻译又问。

"小宁波就是宁波人哇！"小宁波涎着脸答。

"Ningpo。"外国头脑皱着眉，又给写上了。

"几何年纪啦？"

"二十三。"

"二十三——Twenty three。"那翻译说着摇着头，"何苦来，满年轻的，不弄点正当事做做！"

小宁波听了，暗暗地呸了一口。——全上海人都没得事儿干啦，何止我小宁波一个。除非像你那么的做个外国赤老的巴儿狗！可是我小宁波不懂英文啦。

照例文章都做过了，手印也打过了。这时，侦探室跑来了一个黑大个子。是值日探目，穿着件黑纺绸长衫，有点儿飘飘然。小宁波回过头去，险些儿叫出："啊，先生，我的爷！"

小宁波眼前一阵亮，心儿倒反而软了。看到亲人似的，心窝怪痒痒的，觉得自家应该活下去了。娘的，到底还没有行断眉运，外国赤老也许能通融哪！

黑长衫不曾看清小宁波，抓住小宁波衣领，给转过头来，这时却不禁呆住了。

然而黑长衫是个老内行，立刻拿出一个值日探目所应有的态度。

"妈的，小家伙，干么一回事啊！"

骂着，再拍拍小宁波肩头，拉着洋铐，走出了写字间。

穿过小院子，灰色马甲们在零零落落地走。

上楼梯了。一道黑的过道。黑长衫却回过身来，跟小宁波说了一句：

"口子硬朗点儿哇！"

"唔！"小宁波没来得及应出声，楼上似乎有人下来了。

拉牛似的拉进一间长方形的侦探室。在那里横七竖八地摆上几张粗大的长方桌。一领领蓝布短褂，一件件黑绸长衫……一个个黑眼睛，在那些桌上发光。

小宁波给拖到那房间的一角，在一条横木上，铐子和铐子互相铐住。小宁波往东往西看。心里想："别坐上十年八年牢呵！要是吃两年油饭，那倒也甘心的。这一回，全凭自家额角运了。"

挨着，挨着，第二班办公时间过了，外国包打听都一个个退出去了，只留下一个值日的。黑长衫从这个房间穿到那个房间，往来地穿。等到自己那屋里也只剩下一两个副手了，他才挨近了小宁波。

一脚踏在横凳上，手肘挂在膝盖上，托着腮，眯住了眼，对着小宁波，低得几乎听不见似的说：

"妈妈的，怎么出了这岔子！家伙有没有呢？"

"——唔。（小宁波一看黑长衫在挤眉，立刻改了口。）——有是有的，给我抛在床底下马桶边了。"

"该死，该死！给他们找到没有？"

"没——"

小宁波遁了一句，低下头来老不高兴，到这时候，还摆什么先生架子！别忘了前年那两尺血！我小宁波走这条路，预备死在这条路上的，不稀罕你帮忙。

黑长衫于是在屋子里打旋了。一会儿叫他那些副手：

"起赃去！起赃去！"他叫着，"既然是抢劫，一定有那个家伙才对啦。起赃去，起赃去！"

黑长衫一脸横肉，在淡黄的电灯光下飞舞。接着又叫：

"带去！给暂押起来！"口气挺厉害的，小宁波给一个副手，老鹰劫小鸡似的带去了。楼下汽车又咕咕地响。响得把小宁波抛到半空去似的。小宁波不懂这关子，娘的！连学生也给卖了。可是我小宁波却也不让你活下去，小宁波偏要强！

把小宁波推进看守所里。一个当差巡捕立刻过来叫：

"一件件脱下来！"

小宁波往那巡捕脸上一看，是一副紫铜色的瓢儿脸，两只眼睛却如火炬似的。像这样个人，正配在这看守所里做当差。看守所一列四间笼子，笼子外是走廊，走廊四尺多阔，前面全结起了墙，仅留一头铁栅门，让犯人进出，看守所里的黑暗却增加了这当差巡捕的凶暴。

小宁波听命地去了上衣，去了下衣，去了衬衫裤，赤条条一个。娘的！小宁波自己还有条白银似的身体。因之想到爹娘的恩情，小宁波却又想活下去了。

袖口给拿去了。金戒指也给拿去了。钞票和表也给拿去了。紫铜色瓢儿脸渐渐开展了。然而小宁波不爱惜那一个。小宁波还有个更应该爱惜的东西，小宁波在这东西上打旋地想。

"快给穿好来。"那巡捕的腿从后面送来，小宁波扭了扭屁股，巡捕的腿落了空。于是骂声"枪毙坯"，给开了内监门，放在第三号笼子里。

小宁波把一包衣服放在笼子里水门汀上草草地穿上。好像事情告了个段落。神经像放了结的麻索似的全都松散了。于是打了个呵欠，另一个想头钻上来，急忙向笼子里犯人问：

"可有茶吗？可有茶吗？"

一屋子的怯弱的嗤笑声。

"冷水也没呢。"一个老犯人缓缓地说。

"要是不怕脏呢，那里倒有自来水。"一个青年犯人补充着，手指着那笼子外角，陷在水门汀地面上的抽水马桶。

"娘的，管它那么多！渴死了！可有碗不成？"

小宁波打旋地找，找到一个洋铁罐。立刻跑到马桶旁蹲住，旋开了水龙头，把铁罐兜在水溜下，捧了满满的一罐，回到水门汀的铺上，跟那些犯人们坐在一起。咕噜噜地把那水喝了一大罐，精神似乎又清醒了。曹河泾的旧情调，又在他心头涌上来了。

然后小宁波漫不经意。小宁波滔滔地跟那些座上的同伴说：

"娘的，失手啦，失手啦！——但是不要紧的。值日的，是我老头子，看他不帮我忙。那可不成哇！一切把柄都在我手里。前年子，分去我两千元。你要我死，我还让你活不成？哼！我小宁波不是好惹的。"

全笼子犯人，在淡黄电灯光下笑了。小宁波也跟着笑，眉飞色舞地。娘的，街头上做小英雄，笼子里还是要来一副本色哪！

"那么他们去起赃了没有？"一个老犯人，尖眼角，安详地问。他却是比小宁波有更大本领的绑票匪。二十年来，洋钿绑上成百万的，这回在利生公司出了脚，抓住了。然而吃公事饭的，全是他的弟兄们，把他案件，尽冷冷的冷下去，他在这笼子里住，足足有五个月了。

"去起了，也是我那先生啊。"小宁波漫然地回答。

"啊，啊！"那老犯人于是捻着胡子别有会意地打起呵欠来了。娘的，大烟……花老……乖乖咙底冬，小宁波又想起了他的夜生活，倒有点儿熬不住。便也慢条斯理地把那洋铁罐里剩着的一口冷水全都喝了。

大家是静静地眍着眼，抱着膝坐定，小宁波感到有些儿沉闷。便横着洋铁罐，当作枕头，伸一伸腰躺下去了。

管门的巡捕换了班，是一个小个子。在各个笼子前来回地踱了几遍，也就躲到一角休息去，渐渐地瞌睡着了。

笼子后是叮叮的电车来去声。笼子前是咕咕地捕房汽车开动与停止声。笼子里是一管淡黄的十五支的电灯光，陪着静静的犯人们积郁的呼吸声，和转侧时铁罐的悲鸣声。小宁波渐渐把眼皮儿阖上了——隔室却缓缓地幽幽地送来了一阵低唤声：

"小——宁——波。"

"是谁？"立刻从梦中醒来似的，走到笼子前方，扳住了铁栅问，"是谁？"

"我啦！"这声音是从隔壁笼子里发出来的。

"你！——你是橡皮糖吗？"

"正是。"

"怎么你也——"

"不，不，我是为了偷一瓶橡皮糖给抓进来的。"

"真是个乖乖咙底冬！"小宁波笑了，"你使得好一手苦肉计哪！不这样怕躲不了风，哈哈。"

小宁波茫然地在铁栅旁站住了。

牢子外是黑暗的天空。对面写字间里暗淡的电灯光，全给这浓重的黑暗凝住似的，不敢往外发射。黑暗下影簇簇的人们，却不时地在出没隐现。把命运交付给黑夜吧，明日的事，让明日来打发。小宁波又慢条斯理地回到水门汀的铺上去！——那横横直直卧着绑票、窃贼、政治犯、烟犯、形形色色的各种人们的铺上去。

## 三

第二天，牢子里还没有全亮。巡捕已经来催交毛毯子了。小宁波还拥着白虱如球的毯子，高卧着。在小宁波，可说到处是天堂，但也到处是地狱。硬的水门汀，硬的洋铁罐，不比钢丝床差多少，都能处之泰然。只是眼前巡捕不让睡个好觉，却是一桩天大的怨仇。

想到怨仇，就想报复，可是想不出给这巡捕怎么一个报复方法。小宁波是睚眦必报的好汉。这娘的巡捕，真是有眼不识泰山，到太岁头上来动土！小宁波于是把毯子暗暗撕去了一片，也算表明自己是个好汉了。

——好汉！好汉！（小宁波心里自叫自唱起来。）不到此地非好汉，再回来时不值钱。……

这么着小宁波又把报仇之类的念头淡下去了。

——然而，不值钱呀不值钱：自家不正是再回来了吗？（小宁波又发出好汉式的慨叹来了。）啊哟哟！呸！

巡捕把各个笼子里毯子收去之后，就有一个矮小的六十多岁老头子，送上早饭来。一罐罐糯糊似的稀饭，给摆在笼子的铁栅边。各个犯人，都睃着眼，看住哪一罐是比较满的，预备提取过来。老头子口念弥陀似的咒诅着，像一个疲于工作的农人，料理牲口草料时咒骂牲口似的口不绝声。小宁波饿了一晚，也照样把那一份口粮倒在肚里了。

牢子里慢慢儿发亮了，巡捕也换了班。笼子里的犯人，都抱着膝，瞪着眼，焦思苦虑地在预备今天适当的口供。小宁波却还泰然地在笼子里蹓。隔壁橡皮糖，时时送过一声两声"小宁波，小宁波！"的喊声，小宁波可不曾去理他娘的。——喊什么怨哇，打起精神来受罪吧，小宁波想。

八点钟了。提解犯人的汽车，从外国监牢开来，每个犯人脸色都在起变化。笼子里空气立刻紧张起来。

写字间里的外国头脑和中国翻译，带着一队手里拿着洋铐的巡捕，开开牢门进来了。还跟着个黑长衫，静悄悄地站在一边。

"小宁波!"翻译展开了一张纸头,皱着眉,张着歪扭的嘴,叫。小宁波的心跟这叫声一跳,"唔"的应了一声。"老子在这里。"接着心里又暗暗地应着。

踏了出来,站在铁栅旁。外国头脑刀锋也似的眼光,往笼子里放射。黑暗里闪着两条银鞭。这银鞭打到小宁波身上。

外国头脑过来开了笼子门,一把抓住小宁波拖了出去。

——娘的,便是枪毙去吧,也别那么凌辱人啊!

小宁波尖利的眼光,也落在那外国头脑身上,像在暗暗地回骂。

接着,翻译一个个唱下名去。

"李阿生……陈去病……橡皮糖……"

跟着唱名声,笼里犯人也一个个有气没力地答应着。影子似地晃了晃,又给一个个地拖出来。小宁波十分瞧不起这批人,尤其是橡皮糖,竟软作一团,站不住脚了。娘的,没丝毫儿人气。

"啊呸!"于是小宁波装作打个喷嚏,给那些浑蛋犯人一个嘲笑。

喷嚏,却不偏不倚地打在黑长衫身上。黑长衫满不在意，锵朗锵朗，挥着一副洋铐子，走近来，铐住了小宁波两手，皱一皱眉，做了个眼色。骂："小心！入你妈妈的！"小宁波把湿蒙蒙鼻子向左肩胛上一揩，张着眼，看住黑长衫，想："娘的，你要是不讲义气呢……"

要提的犯人，全都提齐了。成串地两个犯人搭一个巡捕，排列在暗廊上，点了点数。外国头脑打先走出了牢子去，提着串钥匙，锵朗锵朗地在抛响。站在门外一边等，直等到所有的犯人都解到写字间，才亲自下了牢门锁。回到高柜台边坐定，又是一张永远无表情的冷铁的脸，点着名。

汽车再度揿起喇叭，一共十五个犯人，猪猡似的给塞了进去。推进器一拨动，汽车向大门驶去了。

小宁波闷在囚车里，透不过气。一种溃烂的脓疮的气息，钻着鼻子。如同坐在下等燕子窝里，嗅着一个打过吗啡针的烟客身上的气息。唔！这气息，这气息里有大烟的味儿！小宁波吊上大烟瘾了，然而，没法想，打个呵欠，立正，靠着囚车气窗往外看。

马路上一切活动的景象衬出自家自由之失却！小宁波懊恼起来："娘的，怎的一下子又犯罪了。可是打从头想起，那些同帮老前辈，谁又不是走这一条路发迹的。

怎么只有我小宁波又给套在紧箍圈儿里？真是行断眉运吗？三百六十行，行行出状元，小宁波可没这个命儿！"

囚车尽"咕咕咕咕"地警告行人。开足马力驶过一条条马路，小宁波尽贴住气窗往外看。脑子就像车轮那么转：华德路上一个小旅馆里，如何诱奸了一个住在元吉里的同乡小姑娘……北四川路月宫饭店里，分一万四千元赃……且分给黑长衫一份干抽俸。……四马路转角，伺候一个人到了五更，差一点把整个计划失了风。……这一切，全活在自家脑子里，怎么到今朝，这租界也妨碍我小宁波生活门路了？

汽车停在新衙门临时牢子大门前。笼子里已紧挤着二百多个犯人。各色各样衣服，看来全是昨天捉来的。小宁波也跟着同车四十多人挤进去。

呆呆儿站住，挤得透不过气来。眼睛往灰色墙上望。那里有不少的字画。靠头上，就有用木炭写的一副大对联：

生意兴隆通四海

财源茂盛达三江

小宁波看到，不觉失笑。再循着眼过去，又是一首诗：

可恼可恼真可恼，

　　中国偏多外国佬，

　　赚我个铜钿吃我个血，

　　还要放我入监牢！

　　"好哇！"

　　小宁波读着叫，两脚像生了翼要跳。接着，那墙上"打倒帝国主义强盗及其走狗"的黑字标语，又跳到眼里来了。

　　十点钟，开堂了。二百多个犯人，分发到各个公堂去。小宁波分在第四公堂。

　　第四公堂的待审室仅仅两丈转方，四十多个犯人，屁股顶着屁股，脚不着地地挤住。有的索性坐在窗子上，脚架在别人肩上，像一支枪。

　　一会儿，巡捕来提审了。第一个便是橡皮糖。

　　——橡皮糖真是个人精，避风避到牢子里。好一条苦肉计！

　　然而——

　　"一年呀！一年，老爷给我判得太重了！……"人精哭丧着脸回来了。

　　"我是——我是——"橡皮糖见了小宁波说不出话，

"我是——我是冤枉的不成？"

小宁波给他碰个钉子，这家伙，讨厌之至！要吃帮口饭，第一便得"挺"——死也挺，才讲得义气。"你既然懂得卖关子，那么，可别怨我小宁波不是哇！"

橡皮糖叹着气，没话说，又给巡捕捉出送回笼子去。

水那样的，犯人一个个流出去，最后便是小宁波。

小宁波一点不着慌。挺！是他的精神。小小的公堂，上首是推事，书记官；左边原告席，大生老板，穿灰色马甲的巡捕，黑大衫；右边被告席，小宁波自家。

"……事情的经过是这样……"一个声音，从律师席上出来，回头看去，一件诸葛亮唱空城计穿的道袍在晃动。小宁波听着听着，才知道律师不是在检举自家。

他检举一个白相人，怎样和大生烟纸店老板打相打，妨碍了公共秩序……

然而，当推事向大生老板问"这个打相打的，便是那个人吗"时，推事的手指却正指自家。

"是的。"大生老板低低地说。大生老板背后的巡捕回过头去笑了。黑长衫的黑眼睛，直送到小宁波身上来。

于是黑长衫继续报告办理案件的经过。唯一证明小宁波不是抢劫犯的，便是没有枪。

小宁波感到不安。这全是一篇糊涂账，小宁波得招认明白来。然而，口不曾开，当堂判决词宣读了：

"……着罚小宁波洋二十元，无钱偿纳时，折作徒刑十天……"

小宁波这时不想笑，却想哭了。他反而看出自己的罪恶了。

但一退公堂之后，上海又是小宁波的了。

两天后，小宁波又从大生弄踱了出来，手插在裤袋里，学着卓别林步伐，在民国路上荡。

"车子!"接着站在人行道上叫。

四五辆人力车，飞也似的过来。从他们黑腻腻的脸上送出"到哪里去？到哪里去？"的枯涩声音。

"有大英地界照会吗？"

小宁波高傲地这么问。车夫作不出回答，垂头丧气，挽着空车回去了。看他们那种寂寂的后影，像在不高兴小宁波这个讽刺。讽刺他们没钱领上三国照会。

小宁波不在意，忙回头向天主堂街荡去，他觉得，那些车夫真笨，连大英地界照会都不领，害得自家又要多走一阵路。现在做人，总要讲究摩登，对外国赤老那一份义务可不能不尽。凡事一有外国赤老撑腰，也就走得通半个天下了。可不是，这黄包车就不能再拉过一步来哇!

"车子!"

站在天主堂街上，小宁波又叫了一声。这回飞过来的八条腿，却都回说有大英照会的了。小宁波直着脚坐上一辆白净一点的。不讲什么价，漫然地说一声:

"新惠中旅馆!"

新惠中旅馆一百三十号。黑长衫们正等着小宁波到来。

敲门声起时，门豁然开了。

一屋子的大汉们把小宁波拥了进去。

"你是顶勇敢的!你是顶勇敢的!何况你脱了断眉运，又行了额角运啦!——这回事全仗你了……"

# 自　杀

女儿如菊，尽缠着他要钱：

"爸爸，给我做套洋花标的旗袍吧！现在洋花标多便宜哪，两角一尺，已经是上好的料子了。爸爸，你给我做一件旗袍吧。你给我两元——只要两元呢，可不多吧！"

女儿也不算小了，十八岁年纪，在丰田纱厂做工。看看那一付容貌。虽然六七年的苦工，使她暗淡了一点。但一个女子应有的发育期的光彩，却还是掩不了的。尤其在这夏天，唇边颊边，总透露着一份水红色，怪惹人爱怜。

他默默地回过头来，向女儿身上身下打量一会。心头一阵子酸，像十分抱歉似的回了句：

"唔！让我向你哥哥要去，爸爸现在身边可没有哇！"

勤生木匠于是从长凳上站起，向前颠了颠；再把身子稳定，伸了一个懒腰，向门外走去。

是礼拜天。

一走出狭小的草棚子，就觉得胸头开旷不少。勤生木匠于是吐了口气。可是毕竟年老了，在这吐气的当儿，又感到有点腰损。骨节僵化了，不容你自由地伸缩了。

从三十岁起，就在申×纱厂木匠间做工。现在快近五十岁了。十多年来，幸免于饿死、冻死。而又把长寿、如菊这一辈子养得长大，这是勤生木匠不得不感谢申×厂的老板的。虽然勤生木匠一家，还不免于住草棚子，喝南瓜汤饭过日。但儿子长寿，现在在喜×纱厂做工，居然很得到办工会的先生们信任，做了喜×工会里委员，成了个场面上人物，那又是使勤生木匠感到非常高兴的事。

儿子长寿，就在喜×工房里住，带着他老婆小鸭子。这从周家桥到劳伯生路长长的一段路，勤生木匠，不管有事无事，每礼拜总要拣空跑一趟的。今天给女儿如菊一缠，向他要钱，他又记起要到儿子家去了。

一路是飞扬的灰沙。灰色的小车，灰色的人力车；在灰沙里滚，太阳白热地照着；黑色的煤屑路，浮了起来似的冒着烟。这么个天气，勤生木匠真不想出门。但勤生木匠倒并不是单为女儿如菊打算，一家五口，老婆和还有两个小的，如菊的弟和妹，都是等着要饭吃的。老婆又是七老八病的，有时候还不得不吃些药。而自己袋子里，是空空的。向儿子去要几个钱，本是他早已预定了的。

　　算来，七口的家庭，倒也有四个人做工赚钱。儿子长寿在织布间里，十八元一月，女儿如菊和媳子小鸭子都各在粗纱间里，也各有靠十元一月。自己是十六元。要过活也可以过活了。可是近来米价突然飞涨，女儿如菊又爱打扮，今天丝袜子，明天粉盒子，再加每天早晚从周家桥到丰×纱厂这一段路上十几个铜子小车费，自个儿赚，也只够自个儿用了。因之，这一边家，仅有自己十六元，就不容易开销了。

　　"但这又怪谁呢。"勤生木匠一边走，一边想，也不管脚踏着土地像踏在火坑里似的，"女儿家，年纪大了，总爱漂亮的。再说如菊那些个姐妹淘里，多穿得花花绿绿的；如菊也够可怜了，没穿过一件有光的绸儿缎儿。洋花标旗袍，怎么也不让她要一件吗？"

　　走过了丰×纱厂，到了中山桥边。再过去，是兆丰花园的后面了。那一段路上，真是个好去处呵！大树遮着荫，燥风不时从叶间枝间送了过来。长旗袍，短袖子，红颊儿，黑眉毛的女学生，一个个在这里散步。有的还跟着或挟着个大翻领短衫，洋裤子，洋鞋的年青男学生。看去，日子对于他们，真是快乐得不容易说清楚。勤生木匠的不怎么善感的心，此刻也为女儿如菊发酸了。

走上了极司非而路一端，沿街两旁，就有不少卖西瓜的担子，卖酸梅汤的担子。勤生木匠听一听他们叫卖声，喉里感到些渴，几次想停下来买它几个子，可是几次忍住了。终于又横过了街，到了曹家渡中心泗肠茶楼前面了。

十六路无轨电车。轰隆轰隆地响着铁镗子，驶着过来。汗沾了一身，脚有点软软的，勤生木匠又想等一等，花六个铜子，坐这电车去。在一家戏院外水门汀走道上站了一会，看一看这三岔口上挤挤挨挨的人们，像出窠的蜂似的，尽攒，尽动；也就把这坐车的想头失落了。一会儿，勤生木匠又挨着藕粉担子，酸梅汤摊子，西瓜担子，向劳伯生路走去了。

胶州路快到了。在那里，就是喜×工房的所在。

从一条不很开阔的弄里挤进去，转了几个弯子，折到了喜×工房。

那工房正对着工厂。但隔着条弄，又隔着座围墙。工房周围是垃圾和污水，被太阳一熏蒸，发着奇异的难闻的臭。西瓜皮，以及其他腐烂的食物到处抛弃着。绿蝇黑蝇，麇集在那上面，宴会。人一走过，那些宴会者们，便哄然飞扬起来。有时，还争逐你汗香，一路嗡嗡地唱歌。直等你把它带到黑小屋里，消失了它的影子。

儿子长寿，是住在二十号后间。勤生木匠推开门，偻着背进了屋，只见媳子小鸭子，还睡在床上没起来。

"是爸爸吗？"病苦地说着，床子叽咕地一响，把黑得发霉，霉得像要掉下来的夏布帐子掀动，伸了一个病黄的女人的脸。

全个房间，只有两条破凳和一张三脚架似的桌子。勤生木匠一屁股坐在靠窗的凳上。凳子斜了斜，险些儿跌了一跤，好容易稳定两条腿，勤生木匠才坐住了。

"你身体不好过吗？"接着，勤生木匠问，"长寿呢，哪去了？"

"是的，爸爸。"床里人并没有想起来的意思，"一礼拜不上工了。大概又是胎气发作了吧。两脚全肿了起来。"

　　说到"胎气"，勤生木匠也有点儿高兴。人虽然穷，抱孙子那一份福气，似乎也应该消受一下子。但一想到做工的过活困难，又不免使勤生木匠冷了半截。

　　"有没有找个医生瞧瞧呢？"不期然地这么说了出去。可是床里人却"嘻"地笑了。

　　"爸爸说哪里话，这些个病，哪用医生瞧呢。——爸爸，你来找他的吗？他一早起，就给办工会的先生叫去了。"说着，又似乎在笑。

　　"哦！长寿到工会去了吗？"勤生木匠立刻感到光荣起来，"可有什么事体呢？……又是相商加工钱吗？"

　　勤生木匠一连串问了好多话，床里人可没有回答。只听到她咕咕地在转侧，一面还"嗳唷唷"在喊痛。

　　"那么——我找他去。"说着站了起来，被压得支不住的破凳，这时，也开始吐口气似的弓一弓背，"真是无事忙，怎么自家女人病在床上又什么也不管地跑了出去。——我去找他！我去找他。"嘴上偏装出一派正经的埋怨口气。

　　媳子听到公公那么个贴己话，也就叹了口气说道：

　　"爸爸，你别去找他了。这么个火热天气，多早晚他总会回来的。你在家里等他吧！"

"不。我有事，我有话跟他说。你好好儿养养神，我去找他。"说着，又关上门，走出来了。

喜×工会在樱花里。那是勤生木匠所知道的。而且勤生木匠还好几次以工会委员的父亲大人的资格，去到那边找过儿子。办工会的先生，对他也是满和气的。勤生木匠倒有点欢喜到那个地方去。

樱花里十二号楼下。门面特别地漆得光彩。全樱花里屋子，都剥落得很可观，木料如同蜂窠似的全霉烂得起窟窿。只有这十二号，却一体粉刷。玻璃窗子外加纱窗，洋绞链门外加纱门。一进到屋子里。正当中排着张大菜桌。桌子两边，八把洋椅。靠分间壁上，高高地悬着中山像。办工会的张先生和儿子长寿，还有两个青年工人，正坐在洋椅上靠着桌子，在说话。

"哦，是爸爸吗？"长寿一脸欢笑地站起，拖开一把洋椅，让勤生木匠坐在一边。同时，办工会的张先生，也点着白西瓜那么样的胖头，笑逐颜开地招呼着。

"请你坐一下。咱们还有几句话要讲呢。"儿子长寿低低地说了句，又坐到自己位子上。这时办工会的张先生又正一正脸，继续说下去。

"所以，他们的话完全是不可信的。"张先生说着，又从手边拿过一张报纸来，"你们看，资本家的嘴，真可谓甜极了，他们反对新税则，他们自有理由，他们说他们负担了国税千余万元，养活了劳工数十万人，可称无负于国家，有益于社会了。他们又说自"九·一八"以来，农村衰落，营业不振，呼号乞救，已逾一年，恩泽未施，摧残转甚，国家即不为棉纺业计，独不为年征千余万之统税计。——啊哈哈，说来真是有理。其实都是欺人之谈呀！"

张先生说到这里，便一阵子张眼舞眉地大笑。长寿们也窃窃地和着笑。勤生木匠于是也移一移屁股，像要加劲注意地听个明白似的。

"但他们立刻又自己打自己屁股了。你们看。"张先生笑完了，咧一咧嘴，两颐上映出两个涡涡儿，接着又说，"他们说：税率的变更，影响棉业很大，咱们国里关税，历来很低，弄得每年入超货值——哪个哪个入超货物的价值呀，有数万万元。年来因为海关税率提高，进口货，极端地减少了。即就绵布说，二十年进口约一万七千万元，二十一年一万一千万元。二十二年五千六百万元。真减少一万万元呀。那么这些自己厂家负担的千余万元的统税，有什么稀罕呀！这还不是自己画个纸老虎，自己给它戳破了吗，啊哈哈……"

张先生为了要证明自己见解的正确，把入口货值，当作税入来说明了。

于是张先生随手抛开报纸，随手捧住了肚子笑。长寿和其余两个工人，立刻沉下脸，点着头称是。他们是讨嫌老板们那付假仁慈的态度的。现在竟在国家这名分上，也装出义侠神气，他们更其讨嫌了。仇恨的心，使他们不敢再和着张先生笑。但迟到了一会儿的勤生木匠，却不知道张先生中心论题，对于张先生这一席话，还似乎不很明白。

"可是他们还有更恶毒的宣传呢！"张先生立刻又挥起手来："他们说，这是咱们政府和某国政府有了那个，为了讨他们的好。所以把税则重新订一下。真是岂有此理！这真是什么话呢。你们做工的，大都不知道那个，很容易被厂家利用。以为新税则订定了，中国纱厂一定要关门了。工人们多要失业了。轻易地又闹起事来了。所以我今天召集你们预先要给你们说那个些。"

张先生于是咽了口痰，把茶壶往嘴上送。咕噜咕噜地喝了一大肚子茶。长寿们屏息静声地翻着眼瞧住张先生，等着。勤生木匠又移一移屁股。

"第一，中国是次殖民地国家，"张先生伸出了左手，竖起大拇指，"外国人可以在中国开纱厂。政府即使提高关税，他们可会受影响吗？不，不，决不。而且还一样——和咱们中国纱厂一样受着保护，那么那么，便是税则减低，又有什么呢，而国家税入，却要增加一万万了。第二呢——张先生又挥一挥手，再伸出一枚食指——关税低了，洋货源源而来。花标绵布之类，便立刻便宜起来。咱们做工的，固然肚子要吃得饱，但身体也不可让它冻坏呀！咱们一月所入甚微，只好把工钱极少量的一份，来添置衣服，但洋货没有时，国货总是非常的贵，咱们可买不起。现在呢？咱们都有机会穿便宜衣服了。关于这个道理，经济学书上是有得说到的。经济学懂得吗？经济学就是讲叫人如何打算过活的书呀！我读过那么厚一大册，我这话还会错吗？"

于是张先生摆起头来。长寿们也声声口口称是。

"是呀！所以我说过咯，现在政府是处处为我们着想的哪！"长寿终于勇敢地拍着胸说了。

勤生木匠看一看儿子倏忽起伏的手，心底里在悠悠然高兴，微微地笑了。一边还想："是呀！怪不得如菊说，洋花标便宜了，要做一件旗袍呢？"

"当然，当然。"坐在长寿左边的一个蛮子，也说了，"只要看现在政府允许咱们聚工会，就可知道长寿哥的话不错了。张先生，你看是不是？"

"是呀！"张先生立起来，却是放低声音说，"现在政府，处处在厉行保护农工政策，压迫资本家。不过这句话，不明说罢了。即就这次新税则说，绵布税固然放低了，得以增高咱们的购买力。而机器税，却增加了。因为资本家全靠机器来剥削咱们工人的汗血的呀！少买一部机器，就可使资本家少一点剥削我们的机会，这也是经济学上第三十六页上说起过的。所以我的话，句句都有出处的。你们应该竭力向兄弟淘里去宣传，叫他们要齐心一德，援助国家，别被资本家利用，又要闹什么事了呀！"

张先生说着，便在室内走了起来。接着又撬开白门帘子，走进内间去。拿了条手巾，出来拭着汗。

"今天，我就是为了这一点事，叫你们来的啊！"最后张先生像放下一肩责任似的这么地作了个结语。

于是长寿们知道训话已经完了，也就各自笑开着脸，立了起来。勤生木匠正在想入非非地赞叹张先生眼光的深远，读了那么多的书，懂了那么多的事。儿子长寿就少那一份培养，要不然，现在怕也不像张先生那么些个。那么做爸的，可不是更有面子了吗？然而——这想头终于给长寿打断了。

"爸！我们去吧！"长寿叫着。勤生木匠才开眼一看，笑了。那么个高高大大的儿子，也够可爱了，可还妄想别的吗？于是答应着：

"好的。"再回头，和张先生招呼了一下，"再会啊！再会。"

爸儿俩出了樱花里，走上破烂的劳伯生路。勤生木匠向儿子开口了。

"长寿，你有几元钱吗？你妹想做件衣服，花标便宜了呢。家里也想买斗米。米将要涨十六元了。——你有那些个数吗？"

儿子长寿和勤生木匠差不多高，但稍稍胖一点。听到爸爸这话，立刻低下一个头来。

"爸爸——怎么办呢，我可也不凑手。这个月工钱快散了。可是小鸭子有了胎气停停息息的，合计起来也只做两礼拜工，还不到五元钱。孩子大概下一个月要养了。我也正想把她送到周家桥那边去呢。因为我这边屋子太不行，也没有人照料。"

竟料不到，儿子长寿却反过来向爸诉苦了。但爸是仁慈的，并不责备儿子，说他太爱管闲事，不免也用了些闲钱。他总以为儿子主意是不错的。儿子是处处为国家为政府帮忙，难道国家政府会没有好处给他吗？一定会有的，待着吧。一定会有的。

"那么，暂时，我向别处去借一些好了。"

勤生木匠说着，也就各自静默下来。

十六路无轨电车，呼呼地驶了过来。掌车的，拼命地敲着脚镫，吨吨地响，催勤生木匠爸儿俩让路。儿子长寿猛回过头来，一把把勤生木匠拉过到左边去。

走回到胶州路口，勤生木匠催儿子长寿赶快回家去看老婆，自己却站在路口等电车。

"什么时候搬来呢，请你通知我。也让我在那边打扫个地方出来，放张床铺。"

"那么，等我回头去商量一下吧。大概下一礼拜天，怎么样？"

勤生木匠点着头，满脸笑容的，眼送着儿子回去。

勤生木匠就有牛马那样一份心。从不曾怀疑自己过分的劳苦是不应该的。从不曾觉得儿女媳妇一切和自己生活习惯有些不大相合的行动，是不对的。什么事物，他都加以善意的解释。人家有什么相劳他的时候，他也总尽自己能力做去。所以在申×厂里做工这么多年工，却不曾跟着人家闹过一次事。儿子长寿，也不是个火气勃勃的男子。但有猎狗那样一付雄健的体力，能够在猎人的指导下过山越岭，毫不叹一口气。女儿如菊，却在另一方接受爸爸一种性格，那就是容忍和软弱。不能像别的厂里女工似的，摆出一付冰霜似的冷脸，打发一切工作。厂里账房先生之类，偶然有机会跟她点头微笑，她也一样以好意解释，报他一个微笑点头的。就是勤生木匠的老婆呢，虽然常常因为病，性气不免躁了些，但也能把全家事体安排得落落实实。所以勤生木匠的一家是困苦而和平的。

电车来了。勤生木匠从一种对于儿子杳渺的希望和难说的喜悦中，醒了过来，上了车。在拥挤的三等车厢中，他又从儿子想到张先生，又从张先生突然想到申×厂领班杨老七。勤生木匠觉得张先生今天说的话，和前一礼拜杨老七对他说的话，有不可解的关节。

那是礼拜三一个晚上。木匠间是向来没夜工的。领班杨老七，穿了一身黑楞衫裤，拖着双拖鞋，拍着把团扇，来到他家里闲谈。

一间草棚子，孤零零地搭在离申×工房几丈远空地上。日里头，毒辣的太阳烤着白地。傍晚时候那白地上发出来的热气，就包围着这草棚子。全草棚子感到闷热。勤生木匠晚饭是在草棚子外一块空地上用的。

杨老七来了。勤生木匠立刻放下筷子，叫如花小女孩子去端了一条小竹椅。就请杨老七坐在一边。同时勤生木匠的老婆和如菊，却也知个礼数，端了饭碗，往草棚子里去吞。

勤生木匠欢喜喝杯黄酒。在酒杯边，他们谈话开始了。

最初杨老七和勤生木匠，当然是互谈些家常细事。接着便谈起两人同在做事的厂里事情。勤生木匠一听到杨老七谈起厂里事情，他就异常关心，且也十分慎重措辞。一则杨老七是个领班，虽然和木匠间关系少些，但也是个顶头上司。二则做工朋友淘里，总说杨老七是"资本家走狗"，爱打听做工的说话行动，害人。但在他看来，杨老七原不过想多混几个钱，倒也"呒啥"。不过勤生木匠碰到这种时候，毕竟总把一切工人间恩恩怨怨的话头，放开不谈。

可是今晚杨老七也不爱刺探什么消息，只是一路为着厂家营业不兴隆叹息。他说："中国的棉业，真的太不行了。开了二十多年的厂家，像申×那样的，怕也有关门的危险呢！"他又说："要是咱们厂家真的关了门，那么不但我那统黑裤衫裤要上当铺去，就是你老哥那杯黄汤怕也没得喝了吧。"他又说："所以咱们做工的不要不心满意足，咱们现在还有一桩工做的，即使工钱刻苦一点，像去年那样减了薪，也还是幸福的。没有工做的人，像江岸边的水浪，都沸沸滚滚想爬上岸来呢。一等自己饭碗丢了，或是给别人抢去了，那时候，你真是怨天不得，怨地不得了。"他最后还说："虽然咱们做工的，有的是力气；但总要有买你力气的人呀！老板们一方面要为着中国这个国家争个面子，不让市上尽用外国人绵布之类，挽回些利权；但一方面又得为做工的着想，至少至少，总得用一笔钱，使那个卖气力的人吃一顿饱，再长出些气力做工呀！但是这个国家太不争气了。人人贪图便宜，欢喜买洋货。政府里做官的，也爱和外国人打交道，不把老板们看在眼里，种种地方使老板们吃亏，弄得什么都争不过人家，像白太阳下瓜藤子，一天天枯干下去！那时候，咱们真捞不到南瓜吃了。"

这时候，勤生木匠正放下酒杯，接过如花手里一碗南瓜汤饭来喝，听到杨老七狠狠地提高声音说出这一句，不禁瞪着眼，终于吃惊地问了。

"老七哥，那么样说来，咱们厂家真的要关门了不成。我以为总是老哥说说笑话，发发牢骚呀！到底咱们老板怎样了？"

"老板怎样了吗？"杨老七斜着眼顿了一句，同时挥着团扇，拍一拍脚下蚊子，"你还不知道吗，咱们老板已经在《申报》上登了启事，说要洗手不干了。咱们那些棉纱厂，说已交给姓什么黎的管了呢？"

很快地吃完了南瓜饭。勤生木匠用手抹一抹嘴，接着说：

"姓黎的，姓什么的来管，厂总还是那么的厂，工总还是那么地做，还不是和戏台上换皇帝，红脸的来了，也是这一套，白脸的来了，也是这一套。"勤生木匠还摆出种安然的态度。

"哈哈哈，"杨老七笑弯了腰，"你真是个好人。这一点讲究也不明白。厂里有许多工人，都在想动手呢。他们那批强盗，都想趁火打劫。说要反对资本家关厂啦！说要防制资本家借口裁员减薪啦！说还要组织什么后援会啦！打狗团啦！说实话，那些工人真的太胡闹，太不明事理了。哪个老板想关厂呢？哪个老板不想生意发达，多用工人呢？哪一个老板想减少工人工钱使工人饿肚做不出工来呢？都是没有法想呵！我是知道的，就说咱们老板吧，银行里已经借了六千三百万垫款上去了。虽然老板是大的，可是这笔债也是不小啊！难道咱们做工的，不应为老板着想，让他减个把工钱，稍稍拼补一点吗？这些个强盗，真是一点也想不明白。……"

听到这里，勤生木匠确然动容了。他不是不知道厂里那些工人的行动。确实的，这半个月来，厂里工人，不但组织种种的团体，他们木匠间里昨天还有人提议要向厂家请求米贴。每一个人都说，米价飞涨到十六元，工人是不能饿着肚子做工的。越是有钱，越装穷，即使老板负几千万债，那也是老板有负几千万债的"底子"在着。这个"底子"并不是老板自己手里长出来的。恰恰相反，都是咱们兄弟背上手里刮拢去的。这个"底子"，都是咱们兄弟汗血筑成的。咱们难道没有权利要求他不许关厂，维持下去吗？实际上，老板们是没有一个不自留地步，在他那固有的"底子"上，自己留下些来过他快乐的生活的。咱们现在索性来更进一步，以要求米贴，做个起头，防止老板们裁人，减薪，甚至于关厂。……当时勤生木匠听了这些话，也非常同情，以为老板们说生意不好，要关厂，都是说说的，相信不了。七八年前，勤生木匠也碰到过这样一回事，到头来，申×厂还是一年年开下来，还加了一两家。现在同事们提出要求米贴，正是话讲到心窝里哇！但勤生木匠的处世哲学，又限制了他这一份高兴，并没有参加他们这一行动。要是厂家真的答应了米贴，全厂里人都有，独独会让勤生木匠没有吗？何况自己是吃了申×十多年的饭，稳重了十多年，老了，还再造反吗？但这一份心，木匠间里的人，因为平日勤生做人老实，是谅解他的，并没有胁迫他，一定要他依从。然而此刻杨老七说了一番洋洋洒洒大道理，却把他昨天那一种的同情也摔开了，米贵了，不是可以吃番茄和南瓜吗？年头不行的时候，连竹根树皮也得啃，小石子也得吞呢，何必一定要求米贴，真是没有上半夜想想自己，下半夜想想人家。

"是的，这个年头儿——"于是勤生木匠说了，"老板也是有苦说不出呵！所以我情愿自己刻苦一点，吃南瓜汤饭，不愿再向老板要求米贴了。"

"真的，还有人发起要求米贴吗？"杨老七立刻抓住他话头说，"是的，我也早已知道的。"但杨老七接着又换过口吻，想从勤生木匠处剌探更多一点的消息。

勤生木匠全不注意到杨老七那种兴奋情形，且自己整个灵魂已融化在杨老七的思想里，于是原原本本，把他所晓得的关于工人间的行动和组织全都吐露了。而且说出哪些人是发起要求米贴的领袖，哪些人是主动反对关厂的最激烈的人。最后，他还说："我本来是不愿说些话的，但我听了你那一篇话，我可怜老板，所以全告诉给你听。你一定不会疑心我也参加的吧！"

"说哪里话！说哪里话！"杨老七说着，立了起来，"便是我，也不会把这话告诉别人的呵！咱们不过随便谈谈罢了。我也是个工人呀。"

于是杨老七，又杂谈些别的，终于漾着胖胖的身体，拍着团扇，拖着拖鞋，桦衫索索地发着响走了。

勤生木匠，也若无其事再乘一会儿凉，再攒到草棚子里竹床上去。

然而现在，勤生木匠想起来，自己的话，似乎有点不大那个了。在张先生的话里，不是明明说，咱们做工的要帮国家，帮政府。同时还帮自己，却不应该帮资本家。那么自己是已经做了一桩错事了。

在梦梦地追想中，电车终于摇了一摇，停在曹家渡三角地上。勤生木匠这时才感到肩头和肩头，屁股和屁股，相互间传递着的热气。同时，还感到自己一件洋布衫，已经给汗黏住在背上臂膊上了。

喘了一口气，下了车，挤到酸梅汤和冰淇淋担子中间，站了一下，等人走的空些了，自己再走向白利南路去。

白利南路绢丝厂工房里，有他表侄袁中郎住着。

表侄是个洋学堂里读过书的，说什么有像秀才那么底子的，高小学堂毕业生。现在却在老厂织布间里做工，二十四元一月。

勤生木匠一走到那工房面前，就有些说不出的异样感觉。那工房真是干净，整齐，像旅馆似的。一桁橙色的砖砌的围墙。围墙内，一幢楼房靠左，和围墙成直角形似的砌着。靠右，是平屋，和围墙成平行线。一连五行，每行可有八九间屋子。屋子木料全是洋松，上了红漆。过道上没有丝毫零星抛弃着的什物，一律用石板砌成；屋前小空地上，砌着小小的圆石子。——真是干净、整齐，而且幽静。

"然而这是外国人办的工房呀！"勤生木匠把这想头胶似的在心里凝住。

表侄是住在那楼房第四号。他上了楼，推门进去。

表侄正在桌旁看报纸。

房间并不怎么大，横直地铺着两张床，都撑着雪白的蚊帐。桌子上整齐地摆着书本和文具。

"呵！表叔。请坐！请坐！"袁中郎起来招呼，是白削脸，瘦个子。

"……"勤生木匠默默地坐在一边，没说一句话，也许他感触太深了；也许这里的生活环境，使一个像泥猪似的，永远在潮湿的与肮脏的泥沼里过活惯了的人，有些吃惊了。

"表叔，你看到你们厂里老板的启事和谈话吗？"袁中郎很有兴味地说。

勤生木匠摇着头，说：

"我可不知道呢。我又不识字，那些报纸上道理，我全多不知道。"

"哦！你不知道吗？你们厂里可没有什么事吗？"袁中郎看看勤生木匠并不关心自己的厂，也就把兴趣减低了。

"没有什么事。报上可有什么谣传吗？"然而勤生木匠却又给表侄问得关心起来了。

"是的。前几天报上登着启事，说你们老板告退了，由一个什么姓黎的来经理了……"

"那我知道的。"勤生木匠缓缓地答。

"可是后来又有说你们那些厂要由政府来管理了。……"

（"那么我们应当更守本分了。"勤生木匠想着，却没有说出。）

"而现在呢，你们老板又发表了谈话，说以前托人经理，全因自己身体有病罢了，现在病好了，所以自己又来干了……至于交给政府办理那些个话，是靠不住的。……"

"那么，咱们不是又可以无风无浪做着工了吗？"

"其实呢，"袁中郎看勤生木匠张着沉思的眼，于是下着断语说，"中国资本家只有向外国人屈服的，做个买办才行呵！就以咱们丝绸厂说吧，咱们绢丝厂年年可以赚钱，闸北丝厂却一倒就是几十家呢。咱们这国家，真是挖肉补疮，怎么也没有法想的了！除非是——除非是——"

这表侄尽发挥他大道理，然而不是勤生木匠所能理解的了。但表侄还是兴哄哄地说着，直到最后一段话，却又那么响亮地打动了勤生木匠。表侄说：

"那情形，是和一个没法过活的人，躺在马路上，让人家人车辗过自己身上，使家里人领得几个抚恤费，用以过活，差不多。可不是吗？中国人做的事，哪一样不取这么个自杀政策呢？"

"这真是一个伤心的故事呵！"勤生木匠想着，但他仍不表示什么意见，直等表侄议论发完了，他才向表侄开口借钱。

表侄并没有给他失望，他欣欣然，拿着注钱回家了。

回了家，勤生木匠分了两元钱给女儿如菊，让她自己跟姐妹淘里，往上海去扯布。余多的钱，全多交给老婆去安排，买米，买煤以及零用，全在那一份上了。自己便觉得又可过几天安分的日子。预备像机械一般，上工，下工，闲谈，吃饭，睡觉，世事万般，什么都不在他心上。

可是勤生木匠终于来了意外的打击。十多年虽然在自己身上，也曾发生过很小的跷蹊事情。譬如"五卅"时，北伐军打倒闸北时，"一·二八"和东洋人打仗时。一般同道朋友，或者到上海闹去啦，或者当纠察队去啦，或者当义勇军去啦！整个工厂也受了影响停起工来，那时候，勤生木匠，就只好闲住在家里等复工了。一家经济，就也有点难以支持了。好在这时间是不久的，厂家一开工，勤生木匠还是上他的工去。从也不曾因了自己行动，或工作不上紧，给老板歇过工。但是正在这礼拜天后一天，勤生木匠一上木匠间，账房间立刻来叫勤生木匠去问话了。

"你把手册带来吗？"账房先生一开口就那么问。

勤生木匠发愣了。但还装着笑脸，赔小心似的说：

"先生我不曾带来呢。有什么用吗？"

"是的。你的工账已经算清了。你拿了手册来，销了号，把钱领了去，明天不要来上工了。"

笔直地像电杆柱似的站住，勤生木匠再也动不了，再也回不出话来了。是怎的一回事呢，竟开除到一个情愿像牛像马给老板做一世苦工，一点也不想反抗甚至于也不想叹一口苦说句怨的勤生木匠身上来了呢？

然而事实像铁一般真实，不动声色的账房先生的脸，显然地映在勤生木匠眼里。终于这电杆柱也发抖了，像风吹过电线似的，发出了哀求：

"先……生，怎的，你们要把……我开除……了。……十多年……了。从也……不曾……出过事……"

但账房先生的脸，像辗路石似的慢慢地移动，死白的眼光直射到勤生木匠身上，没有一句话。虽然老了，火气脱了，但还受不了这一个严重的压迫。勤生木匠马上在心上像破竹那么一响，险些儿嘎地叫了出来，终于头也不回地掉身走了。

在木匠间里同道朋友，正聚在一堆叽叽喳喳地讲话。一看到勤生木匠回来了，全回过头来，出奇地愣着眼。

"真是怎么一回事啊！"一个中年的小木匠叫，"勤生老哥，我想你决不会卖咱们朋友的哇，可是杨老七却说你为了卖咱们朋友，给厂家开除了。"

又是使勤生木匠像石头似的僵住了。他妈的，这葫芦里，可卖些什么秘药呢，猜不透，猜不透，一百个猜不透。于是这一伙老朋友告诉他那经过。

他们说，勤生木匠一叫到账房间去，轮班杨老七便出现在工场门外。杨老七首先指住那木匠里做头发起米贴的几个小伙子。说工厂老板要开除他们了，为的他们乘老板正在经济上担抬不起的时候，鼓动风潮，组织什么团体，联合各间，要求米贴。这些话，就是勤生木匠跟老板去说的。——"但我为你们竭力辩护呀，"杨老七拍拍胸头，大声地说，"我说，这几个人，顶好，顶安分，绝没有这回事，这几个人，巴望老板能赚钱，他们有饭吃。这全是勤生木匠兴风作浪，造谣言，弄水混，有鱼捉，可不是吗？勤生木匠做了十多年，还撩不到工头做，所以向老板搬弄是非，开除个把人，好让自己有势力咯。我这么一说，老板们听了我的话，所以今天把他开除了。"……杨老七就是那么原原本本说了一大套，还把他们一切的打算，一切的行动，全多披露了。……

"这真是什么一回事，这条胖狗子，怎么知道这样详细呀！"那说话的人，最后用怀疑的眼光看住勤生木匠。

勤生木匠这回真的想哭了。干燥的眼角下的横肉抽动了几下，乳色的泪一粒粒掉了下来，豆那样大。有什么话说呢，无非是拿我开刀呀！

"唉！恶毒极了！恶毒极了。"叫了几声，勤生木匠倒在工作台上，喘不过气来。

每个人给他这情景软了心。他们是知道的。这无非是杨老七掉枪花，勤生木匠决不会卖朋友，是这样的一个稳重的老实人呀！

全木匠间陷在沉默里。庄严的同情，无可诉说的正义感。沉默里又充满了愤怒。

这时铜匠间胡小二跑了过来。

"怎么，勤生哥，你给开除了？"他走到勤生木匠身边，安慰似的说，"揭示牌也挂出了，说你为头，煽动工潮要求米贴呢——唉！真是冤枉你——冤枉你这样的一个老实人呀！……"

"不，不，一点也不冤枉我——"勤生木匠截住胡小二的话，立了起来，走出去了，"胡家里，王家里……再会。"

于是勤生木匠一种无可奈何的笑容，在他们中消逝了。

就在那天晚上，杨老七又来拜访勤生木匠。

"真的，太对不起你了。"一开口，杨老七便那么说。人是老实人，脸子就一时下不去。显然明知道自己是给杨老七触了屁眼去了。可是既然到了自己家，勤生木匠就不得不好好招待他。

"说哪里话呢，"勤生木匠把心里所有怨苦都藏起，客气地说，"不过咱们是做天工，吃天饭的。以后日子不容易挨了哪，这么好没清头地歇出了工……"

"那倒不用你担心。包管你一礼拜后就有工做。"杨老七在勤生木匠面前也一样拍拍胸头，"老板们确实也有说不出的苦。这回停了你的工，无非也是先下手为强，压一压那些坏坯子的心。使他们怕惧怕惧，不敢再怎么罢了。因之，你是冤枉了。但是你一时虽然冤枉了，日后的好处，一定会有的呀！咱们老板有二十几家纱厂面厂，可安插不下你一个人吗？……"

接着杨老七又说了许多关于厂里老板们的事，说什么咱们老板真是牛瘦角不瘦，银行钱庄都调动得了。马上又要向咱们厂里放下几百万本钱来，养咱们做工的。说什么咱们老板唯一的仇人就是外国资本家。外国资本家不特要抢中国土地，还要跟中国人抢生意，抢做工的，抢做工的底力气。咱们和外国人是千年怨家，难道咱们情愿到外国厂家去做工，不帮自家人的忙吗？

"所以，咱们做工的，暂时的苦是要忍受的啊！"最后杨老七着重语气，说了这一句。

这一切的话，又使我们勤生木匠忘却了眼前的灾难。同时，对于自己曾经羡慕过外国厂家的心，也着着实实，下了一番针砭。他等待着，等待着"日后的好处"，等待一礼拜后再有工作。

第二礼拜天，一个大肚子的媳妇小鸭子等到了。

"小鸭子回了家，也短了十元钱进账了。"儿子长寿一知道爸爸失了业，叹息似的那么说。

"那有什么法想呢，"做爸的却不愿这个有出息的儿子担心，"大肚子，又哪里上得工。过一天，是一天，

慢慢打算好了。天无绝人之路，饿死总不会的，你也别
发愁。"

愁苦时不需他人安慰，却反而去安慰他人，这是勤
生木匠一付善良的心地。然而，勤生木匠这么的一安慰
他人，自己的心底最深处，却起了一阵透脑门的酸味。

"可是，咱们厂里据说也要减工钱了，"儿子又缓缓地
说，"因为老板要和东洋人抢生意，不得不把出品减价出
卖了。这件事，张先生说，我们也应该忍痛。不得不给
老板一点面子呢。"

"哦！那也对的。"勤生木匠低下头去想。

这小小的一间草棚，夹成了两小间。后间靠左临
窗，起着一座灶。开间那里，竹编成的壁下安放着一个
床铺；这就是勤生木匠夫妻俩睡的。前间，靠门一张破
桌，靠里，两个床铺；现在算作如菊姐妹和小鸭子的卧
处。这时，爸儿俩就在那前间静静地谈着话。这小草棚
里，似乎全没有过大声吃喝的时候。一切是静，是死，
是阴沉沉的，然而又似乎是和平。

"不过，虽然减少工钱，我想，每个月，十元钱总可
以归作家用的。再说小鸭子也快养孩子了，多少要用些
钱——"

"唔——不过——"勤生木匠似乎有句什么话想说，突然又忘记了。

后间婆媳们正在调理中饭。如菊正在缝自己那件旗袍，爸爸和哥哥的话，她都静静听到。她知道爸爸是有许多话要说的，可是说不出。现在爸爸没有事做了，自己总算还有工做，自己应该如何帮助爸爸的负担哪。

如菊于是放下针，悄悄走到前间，倒了杯茶喝。静静地站住，又静静地说：

"爸，我也会有钱帮你的，你别担心呵！"

"哦——呵呵！"勤生木匠不禁放声笑了，"你赚了多大一月了。十元钱，三十个子一天的车费，就要去了三元钱了呢！"

"那不是我还有七元多吗？"如菊憨态可掬地说，"而且，我晚上回来可不坐小车，如其做夜工，我就早上回来不坐车。"

"好的，好的，"勤生木匠点着头，"你有志气。穷人只怕没志气哪。——呵，是。你那旗袍做成了吗？你倒穿起来给爸爸看看，漂亮不漂亮呢。"

勤生木匠是不想把家庭的苦难，让这么一个小姑娘来分尝的，所以又把话岔开去了。想寻一寻女儿的开心。

他们的一家还跟勤生木匠没失业时那样打发日子。虽然草棚子下的空气，是稍稍沉重了一点。

是第二个礼拜天了。杨老七始终还没有回信。勤生木匠不得不自个儿暗自着急了。一家的愿望，全寄托在杨老七身上。杨老七三字，差不多是开解勤生嫂愁眉的灵符。这时勤生木匠只好又拣了个空，去问杨老七。

"不会没有的，再等个把礼拜吧！——但是，唉，现在连安插个工人也有点困难。但是你呢——"于是杨老七又拍拍自己胸头。

当然，勤生木匠又只好回来等待。但这一礼拜，却从小鸭子肚子里等到个孙子了。

全家都欢乐得说不出。愁眉中展开笑脸，勤生木匠老婆还打打算算要为这唯一的孙子，请邻舍们吃一碗面。可是这个愿望真不容易达到呵！还是好容易等女儿如菊领了工钱回来，才由勤生木匠往街坊上称了几斤面来，圆了功德。勤生木匠吞着面，挥着汗，但也掉着泪，然而勤生木匠口里偏说："哦！我忒高兴了，我忒高兴了。"他像说自己的眼泪，是为了快乐而掉下来的。

勤生木匠第二次又去访问杨老七。

佳 讯

"唉！老哥，不瞒你说。你的工作是没有希望了。"
杨老七真有一会同情的脸，"老板说，泼出了的水，再
也收不回了。用了你，不是又要给别人讲闲话了吗？而
且，厂里工人，也只有排出来的数，却没有添用的事
了。又何况咱们老板要把厂搬到内地去呢。一搬到内地
去，就是我自己也靠不住了。内地多的是没田种的农
人，又老实，又稳健，又便宜，用不着我去监督了。
唉！说到这里，我也要哭了呢。——"杨老七立刻又把
手袖拭着眼睛。

到此，勤生木匠也不再说什么了。在他好像眼前这
个拭泪的人，也已经给开除工作了。这真是个值得同情
的人呀！自己应当咬着牙齿另寻出路吧！

"而且——"杨老七还接下去说，"我一歇了工，不比
你了。你是木匠，你有手艺，你还可弄点零碎工做呀，
而我呢是拖纱间出身的……我，我……"

勤生木匠又在杨老七千对不住万对不住声中回了
家。他既不悔自己有个什么错，他也不怨人家有什么亏
对自己，欺骗自己。事情总是一是一，二是二的。人家
的话是可信的，正和自己说的一样。饿了叫吃，冻了叫
穿，嘴是心的信使，还有什么弯子吗？

168

　　勤生木匠真的去找他零碎工做。然而困难也立刻来了。一着，这个年头儿，零碎工实在不容易找。二着，即便找到一两件，可是自己无刨无凿——没了工具，又怎么做得了。勤生木匠把这个希望，又只得抛弃了。

　　一直挨到秋凉天气。勤生木匠还是没有工做。这时全家人，像秋后饿疲的苍蝇，跌跌倒倒的，再也叫不出声来了。一天里，有两餐稀饭，已是上上大吉。如花，长禄，像两堆晒干的牛粪，老守着空地，上望着天，勤生嫂后天亏缺的病，一天深似一天。差不多又要倒在床上了。虽然儿子长寿也转托过张先生为他设法。但张先生最初是答应的，接着说有点困难，最后终于拒绝了。而儿子自己工钱真的又减少了两元。

　　"没有什么。慢慢找哇！"但勤生木匠却还是这一句话，宽宽儿子的心。

　　但出人意料的，却是有一天碰到胡小二，说了那样的话。

　　"你不可以叫你如菊向丰×去找个工做吗？——如菊跟丰×厂账房先生满有交情哇。"

　　胡小二自然像蜜蜂似的，放了这一刺，洋洋得意地飞去了。可是勤生木匠却给伤了心了。前一礼拜里，如菊加了薪，加到五角一天，升做了"那摩温"。那是事实，但胡小二的话，决不是指这一点的。

就在那一晚，勤生木匠待全家人都睡了，把如菊叫到草棚子外，空地上，好好地问。

"是的。你也有十八岁了。可是别人的话是那么说，我总有点不相信。你不会丢爸爸的面子的吧！"

比慈母还软的口气，使如菊禁不住哭了。

"爸爸，我——我——我以后再也不了。"

"那么你的确有过那一回事了。"勤生木匠竟至说不出话来，"唉！你这——傻丫头。你……到底……"勤生木匠再也说不出责备的话了。

是的。如菊是无所用其抵赖了。如菊有那一回事，倒并不是因为如菊生理上的变化。而是如菊太柔和与软弱了。

那是发工钱的一天；如菊工钱发得最落后。那个削白脸的账房先生，也和平时一样，漾着笑眼，交给她一包工钱。她匆匆地点了点拿了，就提着饭盒回家了。

工人们大都走在她前头。是礼拜六，又没有上夜工的工人，当她走到中山桥边，那账房先生赶了上来，叫。

"如菊，如菊——"

如菊立了下来。微笑地回过头来。

"账算错了。你那工钱里怕多了五元钱一张钞票吧。"

如菊呆了一呆，解开那钱包。那账房先生就握住了热嫩的手把。数着那钞票。钞票都是一元的，然而一元里，真有一张是五元的。如菊立刻像做了贼似地心跳起来。面红得樱桃似地，嚅嗫地说：

"那是你自己弄错的，那是你自己弄错的。"

"是呀！原说是我自己弄错的，我又没有怨你做贼。"那账房先生淫荡地一笑；同时，用手轻轻地拧了一拧如菊的颊。这时候，如菊怪不好意思地低下头来，虽然也想学一学有些姐妹们似的，骂他一声流氓，把那五元钱丢还给他。但她没有这么大胆；似乎不应该使人家太难受了，虽然明知他不怀好意。

"那么，你把这五元钱拿回去吧！"说着，如菊就把那张钞票递了过来。

"笑话！笑话！"账房先生推着，且顺手推到如菊胸前，摸了一把如菊的奶奶，"这是我孝敬你做花粉费的哪。"说着，眼斜斜地一飘，口涎掉了下来。

如菊益发明白这账房先生是跟她在"吃豆腐"了。虽然想拔脚就跑或是叫起巡捕来，但一个男子的手的接

佳 讯

触，而偏又那么凑巧地接触在她奶奶上，生理上的反
应，又使她软弱的心更软弱了。

"谢谢你，我可不用花粉呢。"红着脸笑。

"用了花粉不是使我更欢喜了吗？"说着，又向她大
腿拧了一把，笑笑地奔回厂去了。

如菊在此真走上歧路，这没来由的五元钱，受，自
然是受不得的。但怎么去还他呢。想着想着，终于决定
礼拜一上工时，到账房间去交还他，以免麻烦。所以也
不曾对爸妈说起什么。

可是第二天，细纱间里"那摩温"来找她去玩了。

"因为我想到上海去买些东西，叫如菊做伴。今晚是
夜工，我呢就一直落上工去哉。"那摩温是这么跟着勤生
木匠说的。谁知就在那一晚上，如菊是在泥城桥通商旅
馆里失了身了。

"以后呢，他还常常拣着我是夜工，强迫我，说要是
我不从他，他会说了出去，他会……"

"他会开除你工作吗？"抱着痛彻了的心，勤生木匠
仰看着清凉的秋月，忍住泪，低低地说。

"是的。他是这么说——"如菊抽咽着。

"那么，你从明天起不用再去上工了。你也不用对你

妈说，你妈性气躁，怕会伤了你呢。"

勤生木匠这么一说，如菊竟倒在他怀里，放声地
哭了。

勤生木匠用手掩住她哭。

"如菊，这不是你的错，爸爸一切都原谅你了。好
的，你莫作声，别惊动了人家。你去睡觉吧。明天，你
说有病，不去上工吧！以后呢，就说工厂给你开除了。
那么，你就什么也没事了。"

勤生木匠对于女儿这一过错，正和对自己跟杨老
七说溜了话终于被开除了工这件事一样，的确，也是没
有丝毫责备女儿的心。但一到女儿进了房里去，自己坐
在空场的石头上，看一回明月，听一回虫声，习习的凉
风，吹着他的破衫，千千万万的度日困难的事实，都涌
上他的心上来了。

小鸭子因了做产，也没有工做了。女儿接着又停下
来，仅有儿子十六元一月进款了。这可怎么过活呀！算起
来自己也已五十左右了。将近坟墓的人，何必多费饭米
呢？——挨这苦难的日子。一家的责任，虽然是应该自己
担负的，但现在却毫无办法，反做了家庭的赘累了。

想着，想着，从一切柴米油盐的打算上，又想到他

的债务上，又想到表侄袁中郎那儿十元钱还不曾还却。接着又突然记起了那天袁中郎说的那些个话。

真的吗？这样是可以弄得一注钱吗？……

他跳了起来，仰望着天。空中黑洞洞的，天上有一朵白云，快速地向冷月追逐过去。一会儿白云掩住了冷月，倒在地上的自己的黑影子，也渐渐灰淡了。四处的虫鸣，像女儿灵魂的暗泣。自己心中苦痛的爆发。

他笑了。——笑得泪儿一点点的掉下。

第二天一早，他便出门去。从周家桥到静安寺路，到西藏路，无目的地走着。车来车往，于他毫无关心。他没有看到人，建筑，马路，店窗上的陈设，他没有看到这二十世纪的魔鬼一样的世界市场，他没有看到点缀这市场的劳工们的血，火一样的，霓虹灯一样的血。他更没有看到买办们的华丽的衣服，摩登女士嘴上的红胭脂，写字间的旋转的门，舞场里白蛇样的腿，银行家手里的提包，实业家的计划书……他只看到灰沙，灰沙，灰沙，从灰沙中看到她女儿的泪，老婆的瘦身子，儿子长寿的阔肩膀，小鸭子手里的黄茄子似的孩子，以及如花，长禄的黑瘦的腿；他在灰沙中又看到张先生，杨老七，木匠间工人，自己的表侄，甚至于那不曾见面过去有类于自己厂里那个账房先生——女儿的情人，也给看到了。最后这似乎是坑死勤生木匠的一家的旅馆也看到了。看到了。真的，在那泥城桥边。高高地竖立着。高高地，高高地，这消毁志气，撕去廉耻的魔窟！于是他立下来了。呆呆地站住，好久，好久——

为了一家，为了救出一家的饥饿，他又从茫然中醒过来，他无论如何要实行他昨晚想定的计划。好让一家人用他生命的代价，而活下去。他挺着走硬了的两腿，又折回来，走到跑马厅。

跑马厅外大马路上，是水流一般的汽车。有的像马嘶，有的如工厂"回声"，有的波波的如吹哨子。但大都是雪亮亮的，照得出自己邋遢的面目。

他伫立了一会，终于决意地在这电车汽车交流中间从左窜向右去。然而，自己心里立刻想起——唉！完了！于是两脚自然而然地软瘫了。

他倒在马路中心了。一九二四号汽车辗过他身上。他带着那样一句话："我做错了！我是自杀呀！"迷迷糊糊离开这世界了。

第二天——

报纸上登载着的，是一具无名尸体给同仁堂收殓了。

第二天——

在周家桥那草棚子里，却浮着几对哭肿的眼，为了勤生木匠的失踪。

生活是条鞭子，谁在拿着他，使被鞭打的人，每每走上有形的，或无形的自杀的路呢！

接着的日子——

儿子长寿竟还同样地接受爸爸留下的这份"遗产"吗？

# 佳 讯

乔老太真喜欢得什么似的，把门背后两条铺板，也给拖了出来，在房间靠里手上，架起一张铺子。放上条草毯，铺上一斗破絮，专等一个贵客的到来。

事情竟有点出于意外，乔老太以为是个梦。这么长的十个年头，自己已经七十开外了，哪里还想看到这个"命"。再说这乡间，离省城有七十多里远，又是七高八低的山路，不容易走。上省城去看看儿子，那一份希望，也是早已断了的。往常时候，乔老太想到这一点，就要掉泪。做人在世，连死了，也望不到独养儿子送个终，这该够可怜了呵。

可是乔二爷，昨夜从城里赶骡车回来，竟说儿子明后天就可回来啦，这该多么可欢喜呢。也是自己命注定，应该有这一份羹饭吃，有这样一个高高大大儿子送上山头。今天一早起来，乔老太就把房子打扫得干干净净，耐心静气，专等日子快过去，太阳早一会儿下山。

乔二爷是讲得清清楚楚的。

乔二爷因为想把几斗麦子，往城里兑换一块花洋布，前天便赶着辆骡车上城去，顺便还斫上一担干柴，凑数，想多换一份钱。

城里那一家潼西客栈，是自己老主顾。往常上城去，也准在那客栈里住，那客栈主人，也够和气啦。铺位又便宜，十六个铜子一夜。又可随客人意思，自己烧菜，做面。乔二爷跟主人来往得久了，有时，几个铜子，应不了手，也肯让乔二爷赊欠一赊欠，或是慷慨起来，还肯借上他一吊半吊钱。

"那有什么，下次来干买卖时候还账就是啦。"栈主人总是这么客气地对乔二爷。

"好的。让我下次兑麦子来，一发还你罢了。"

乔二爷一到第二次上城时，手里有几个子多了。也便在一吊半吊外，加上几个子利息。有时，栈主人不接受，推来操去客气了老半天，乔二爷便沽一壶子酒，买几个子花生，请栈主人喝上一两杯。那时候，这两个老头儿，就有一大堆话头好打发。乔二爷总说上些：乡下年成好和丑啦！豆子麦子给风风雨雨烂个完啦！驻兵连一算。一亩地，能有几斗麦子好收割，能有几个铜子收换兑。而且自家还要留着点儿吃和用，一年到头，做个人，苦来苦去，为什么？还不是打发这张嘴，这个肚，这条贱骨头。可是年头儿一年不如一年了，连这仅仅一张嘴也打发不了了。官老爷而又有另一番道理，说是种大烟好，有好出息。运到外面去，大斗银，大斗金。都可要回来。乔大爷，自然也有这一份打算咯。看看这一块田地，种麦子，青豆，还偿不了赋税，连自己儿子往城里去挑杠，挣几个苦力钱来，贴上还不够。最初想把这份田地送给人。乔大爷知道：有一份田地，便多一份债。要是自己不种呢，把田地荒起来，官府还要在你田赋附加税上，加上一份"惰税"。这债可更重了。把田地送人呢，又谁要。谁还不是挨着这样一个日子，谁还不是存这样一份心——把田地白送给人：可是乔大爷想呀想，毕竟想了方法，上城去，向育婴堂主人那里磕上一千个响头，叫把他们十来亩田地，收留收留，好让自己卸却这份债。自己带着乔老太来城过日子，一个跟儿子去挑杠。一个去找地方补鞋袜子过日。可是善堂总是善堂啦。官府里知道那份田地已经过了户，已经由善堂收留了，自然也将那份钱粮，以及驻兵捐，附加税，一长老爷抽大烟，有个好本领，一连能抽上二十几筒啦！王乡绅又发起了团练捐，这几斗麦子还够不上账啦……那一套苦话儿。栈主人呢，却也报告些旧贵人，新贵人，省长，督军之类的起居注。说什么在老远的那头，有个路局里局长和什么部次长打牌九真可凶啦。次长做庄家，局长一注就是十万吊。可是把牌打发开了，那次长拿到的是"幺三"配"二六"是个"二点"，这十万吊钱，多份是给输定了。但是那个次长有点不甘心，把那"幺三"上的三点子，用大指头儿掩住，翻过来，喝声："地罡"，也就把这牌推过啦。十万吊钱，一把掠到自己手里。局长呢，虽然明知道是这么一回事，但不便摘那个次长帽子。笑了笑说："真是强中还有强，我是八点呢"……诸如此类这一套。

前天，乔二爷在那客栈里，给客栈主人拉去喝几杯酒。想起了自己侄子乔小喜子不争气，不特替不了力，还留了一个老娘叫他养。年头儿一年不如一年。一个老婆子，虽吃不上几十斗麦子，但在乔二爷也是"宁可厨下加一斗，不可堂前加一口"的。虽然小喜子，不算没天良，也给他置了一辆骡车，干买卖。但看看眼前急巴巴，酒下三杯，便不免发些牢骚话。说现在青年，真欠点子安分。动不动就用硬手段，跟老爷们挺。俗话说："不怕官，只怕管。"终究你是老爷的人民，受老爷管，哪里挺得过。自然咯，结果还是挨苦吃，十个长年头。

"十年吗？"栈主人立刻接过去说，"不打紧，不打紧。昨天，我往烟馆子里去抽烟，刚巧那个牢禁卒来了。因为落了班，拣个空见，来烟馆子里抽管烟，散散气。"

"咱们开客栈的，上下三等人，都要打招呼。那个牢禁卒，也和咱够朋友，往常也跟咱抽上一管两管烟。咱就过去，坐在他一床上。问起近来督军衙门里有什么消息，好让咱往别处去嚼咀。那禁卒开口就跟咱说：

"'你有吃官司的甥婿子侄吗？'

"禁卒先生，哪里话，咱们家是一世清白的，从也没有坐牢犯罪的。"

咱当时就那么回答他。

"要是你有坐牢子吃官司的子侄甥婿呢，那才开心啦。"那禁卒一付笑脸的这么说。咱奇怪，问他是怎么一回事。他说：

"'现在督军老爷，有个命令要下来，说牢子里犯人太多啦，要打发些出去才行。'

"这是怎么一回事呢，督军太太想来是个念佛的吧。……"咱那时，也打个趣儿问。

"是哪，咱也这样想。"乔二爷干了一杯，也接上一句说。

"不，事情不会那么简单的。"栈主人说下去，"后来由那牢禁卒说明白，事情原来是有道理的。那一天，咱们督军老爷和省长老爷，不知什么心血来潮了，居然也往牢子里去看看。可是一看，满牢子都是黑压压的犯人，像粪缸里粪蛆那么样蠢动着。心里吃了个天大的惊，问问那个禁卒头，就是那个什么鸟监狱主任啦——'这牢子里共有多少个该杀坏啦？'那个鸟牢头说，一总哪有三千一百零一个。督军老爷听到这数目，真是气坏了。虎起了一脸横肉，骂哪里来这么多鸟王八！别的不必说，只就那份因粮算，每天开销下去，也就可观啦！一口粮，一升麦子算，也得一天打发三百十斗零。咱可没有这么多本钱，让这鸟王八，散手散脚，安安闲闲，吃他五年，十年，吃得个白皮浑胖的。就是咱做督军的，一天也得划十来个鸟'行'字。咱可不准他们在这太平世界里过活！咱们那督军老爷，禁卒说，这一下子，真的气得他上气不接下气啦。拍拍他那腰包子，不住地说：'咱哪里有这么多钱，咱哪里有这么多钱。'咱那个监狱主任——禁卒——就是那个牢头啦！连忙解释说，这都是法院里判定送过来的。自己并没有推荐一个人，来这里吃闲饭。哈哈——那禁卒——慌啦，连话都说不成啦，小鬼见阎王，粪桶当面缸，真是笑落大牙的……"

"可是，这样——这样一来，后来可怎么样了？"乔二爷虽然有点恨他那个不争气的侄子，但毕竟有点慌，老爷这一怒，说不定会有一大批犯人轻易地发落到那条路上去。

"哈哈！后来怎样。"乔二爷越急，栈主人可越缓。咕噜地喝上一杯酒，磕一粒花生，"后来，那禁卒说，督军老爷要囚名簿。那囚名簿像本流水账，上面一个个写上犯人姓名，注明判定的年限。牢头禁卒拘拘谨谨地奉上。督军老爷在那本囚名簿上，那判定五年十年的囚犯姓名上，多给打上一个圈。"

"……打上了一个圈……"

"一起算起来有两千个……"

"两千多个……"

"说一声，三天后，咱有公事来，把这些该杀坯都提到督军衙门去……"

"提过到督军衙门去，干吗呢？……"乔二爷感到冷，酒喝得发抖啦。

"哈哈！这两千多个该杀坯，偏偏不该杀，真好运气。督军老爷说，要把这两千多个，全打发出去，放啦！……"

"真的，有这事吗？给发放出来？……"乔二爷欢喜地跳起叫。

"谁说假来，那禁卒哥亲口说的。可还会错。既然你那侄子，陷在牢子里，这一次皇恩大赦，可还不给放回来不成。放心，一百二十个放心，包在我身上。……"

这话多响亮，多确实。乔二爷第二天回家，自然跟乔老太说明了这回事。同时，还打发自己儿子，今天赶着骡车，带些芋豆上城去，候小喜子放了监，拖回家乡来。安安本分，养养那蛮牛子性。

乔老太昨晚整夜睡不着觉。想东想西地想。是喜，还是怨？是爱他，还是恨他？乔老太连自己也说不出。想哭，又心乐；想笑，又气闷。这一夜的情景，竟险些儿把她那老骨头也给拆了。

但是一早起来，偏是蛮有精神。整整这个，理理那个；洗洗这个，扫扫那个。直到最后，连铺子也给铺定了。

铺定了铺子，自己坐下，觉得怪舒服的，好像小时候，坐在妈妈膝上似的，一股暖气，咕的往心窝窜上来。想想为儿子打算的，虽然只是一斗破絮，一堆草；但无论如何，总比牢子里，听说要把头靠着马桶睡觉，总来得强了。

坐定后。乔老太竟有点想哭了。年老了，偏有这么多感慨。二十年前，爸死去，三年前乔大爷死去。也没有那么难过去。乔老太自己猜不出这可为什么那过去一大堆日子，忍着忍着，只有吃苦、挨饿、听骂、糟蹋的份儿。倒也把自己一付心肠，磨磨折折弄得硬朗啦。又哪里知道，到今天，也会有一份梦一样的快活临到她。抵挡不了那份快活的悲哀，方使她有大哭一场才痛快的想头。

本来，乔二爷和乔大爷是早已分了家的。也因为那一年——唉，别说那一年咯，还不是年年如此的。一县里，兵又多官又多。兵老爷有兵老爷的道理，官老爷有官老爷的道理。今天乡警来，明天法警来，后天兵老爷亲自出马。总是要你捐，要你税，要你钱粮——总之，是要你命。要你饿着活下去，给他们撑天地。可是你算股脑儿过了户。善堂来回一打算，反而要倒折本，又把田地退回来。乔大爷这就可有点为难了。田地毕竟还是自己的。退回来，不容你不收。收了，又不容你不付粮，不付捐，不付税。好！现在这时势，也讲不到为子孙们修积德，为子孙们造福。种大烟，就种大烟，反正是官家允许的。不会犯什么罪。谁不知道现在大总统，也抽大烟；现在部长，也做大烟买卖。得啦，就种上十来亩大烟吧。可是怨家偏碰到死症，王乡绅又大踏步跑上城里去。给一乡的烟税都包了下来。你种十来亩大烟。正税，附税，替王乡绅一百多亩大烟均摊税，三七二十一，一算：就得付上一百多元大烟税。自己呢，种子，作料，工夫，一算盘来回算上，还是不够本。吃不着，穿不着。还是开口喝西风，光肚晒太阳，打发那一大堆苦日子。但接着，官府里又来了人，说烟税是烟税；钱粮还是少不了，驻兵捐还是不好缺半个。乔大爷这一急可急坏了，想，三十六着，走为上着，还是打拴包袱逃吧。逃到什么地方去呢？天涯，地角？山里，河边？乔大爷可不管，逃就逃，还怕什么，还恋什么？和乔老太商量定，趁个早晨，逃出了村。

这也有例，不是乔大爷自作聪明，做先锋。东村

11

黄小毛子，西村大喜二子，都是这样逃了出去的。乔大爷一想起他俩个，便也觉得自己早应该逃到哪儿去。他们在上海，工厂里，赚大钱。三十几吊钱一月，还要什么命，这样好工作。乔大爷虽然老了些，论力气，不比黄小毛子，大喜二子低一手。穷人不卖气力，还卖什么鸟？即使退一步讲，气力应该卖得贱一点，二十吊钱一月，总得赚。这么着，再加上个儿子卖卖劲，乔大爷帮一帮，一家子，稳稳地可以活过去。那是多开心！一路上，乔大爷真有一个好打算。

乔大爷一逃，还不曾逃过两个村头，驻兵老爷就知道了这个消息啦。驻兵老爷们，近来不很努力剿匪。却全在逃荒弃田的农民上做功夫。对啦，县老爷也是这么说。国无民不立，民为邦本。一个个农民都逃光了，县老爷可去做个空头老爷。去管那些白地不成？县长太太可穿着谁？戴着谁？县长少爷麻雀可打着谁的？这就重重拿办啦。你不要看王法白法，没斤量。驻兵老爷，还得做点手段你瞧瞧。立刻十来名兄弟，跟踪追着乔大爷去。倒不是乔大爷老啦，毕竟是驻兵老爷多抽几管大烟。还没有逃出县境，就给驻兵老爷们追着啦。一把提起乔大爷的衣领，让乔大爷双脚悬空颠了颠。还不及喊声娘，放下地，便斜肩拴上条麻绳，拉牛似的，就给拉进县堂里去。乔老太自然也只好奉陪些个了。

督军老爷也有命令，逃荒的、弃地的，这个年头儿，可太多啦，非一律重重发落不可。

怎么重重发落呢，关可关不得的。老爷们还要这些狗种子，下田地，种麦子，大烟，豆子，芋头的。要不然，真叫老爷们去喝西风吗？……于是查钱粮簿，乔大爷，须解十多元粮，外加附加税，驻兵捐以及什么什么费，不折不扣，须付老爷四十来元钱。抄抄乔大爷身上，还有十五块钱，当然没收。算上了账，还得二十五元补。

"你知道吗？"到这时，县长老爷吩咐了，"咱们督军大人有命令，逃荒弃田的，一元钱粮，缴不了，须打一百板屁股。——本来呢，是八扣，得折成八十板，现在这逃荒弃田的鸟王八，太多啦，涨了价，须十足兑钱，你，你这鸟王八，还是情愿挨打两千五百板屁股呢，还是情愿付二十五元皇粮银子哇？随你拣，你看，做老爷的也够客气了。"

乔大爷瞠着两只眼儿说不出话。两千五百板屁股呢，老了，挨不过。二十五元钱呢，就是再做一大把年纪的工，恐怕还是积不上。又何况你做一年田，还得加这一倍数。穷人原只有年管年的，更借不上债。但在眼前，路只有两条：出钱，挨打。出钱，不必提了。挨打，身子倒是现成的。乔大爷有了偌大一把年纪，还不知道爹妈养了自己根本是给老爷们挨打的吗？

可是县老爷毕竟仁慈，不愧是个民之父母，不大喜欢乔大爷这老屁股，倒欢喜乔大爷设法去借钱。说要是乔大爷城里有熟人，或是亲戚朋友，去借一借，或是觅个妥实铺保，限定一个月里缴上，那一顿屁股，到可以暂寄下的。

县老爷虽然这么说，可是乔大爷还是没有话。呆住。看这光景，多份是情愿挨打的了。

"那么只好奉送两千五百板屁股了。"县老爷摇着头说。县老爷哪里还不知道，近来一大批这种案子，都是这么办的。乡下人爱钱爱过命，打死一条命倒不要紧，一元钱可不肯出的——是不是？

县老爷发咐役卒，便给这老头儿打上两千五百板屁股。

乔老太这时，也曾开过口，要求过县老爷，自己情愿替老头儿分一半干系。县老爷笑了笑说："哪有女人挨打屁股的例。"这么着，乔老太，也只好掉着黄豆大的眼泪，看着自家老头儿挨打，叫苦也叫不出。

乔大爷儿子小喜子，耳朵挺尖的。在扁担朋友里，听到这个消息，赶快从下处跑过来，一进衙门，爸爸已经打得半死不活了。做儿子的，倒并不想来替爸打屁股。心肠硬，年轻，气壮，胆也粗。本想凭那自己想出来的道理，来跟县长抬抬杠。抵配自己吃官司，大闹公堂这出戏，也不妨串一下。可是现在，眼见得自己爸爸已经打烂了屁股，也就拍拍胸，咽下口气，决计把爸爸背回了家，再来总算账。

背到家，不到三天，爸爸死了。乔小喜子，不掉一粒泪。掉泪还算是个好汉吗？至于乔大爷可真快乐啦！死啦，偿退这分债的义务也就完啦。虽然田地还是在着，这份债还须年度一年地还。但轮不到他身上了。难道还会鞭尸三千不成？

乔大爷死了后，做儿子可聪明了，不跟老娘一起跑，自己起一个大早，一溜烟，跑到不知哪里去了。他把老娘撇给连自顾自都顾不了的乔二爷。

乔老太从此后，一把眼泪，一把鼻涕，打发这苦日子。打发不过时，还会跑到驻兵老爷后门口，要一钵子面糊来，灌灌老肠。但总靠乔二爷有情分，不亏待她。

有一碗，大家喝一口。有一锅，大家分一碗。死也死不了，活也活不着。

哪里知道半年后，儿子竟然回来了。带来了不少吊不少吊的钱。呵，乔老太，虽然还只刚爬上五十岁，眼睛竟这么老花了。儿子可从哪里挣得这许多钱来，成千的，成百的……真是数也数不清。看也看不明白。

"你哪里挣得这些子钱来呢？"乔老太总是做梦，梦不过头，不住地那么地问。

"你问它干吗？有钱，尽管使。我说过了，我要和这些鸟王八算总账。就这么着，我有钱了。"

但日子多了，这钱的来路，做娘的自然也渐渐明白了。说是那一天，一辆汽车过。（乡下人一年不如一年的紧迫下去，还不是这汽车道开坏了的。不管你地理风水，动不得土，也不管你祖坟祀田开不得路。可是要造汽车路，总得造。这兀不是跟乡下人有意为难？好，你有意为难，咱可也不让哇，拆石版，掘窟窿，咱们都来得！所以——）有些风声给听到了，拿了几杆子枪，放声号炮，叫车子停下来。几个好汉们走近去，一车子肥肥胖胖的先生们，腰里有的就是那个东西。于是叫声：

"举手！"齐齐地举起两手，抖着抖着，也有一天，现出这么可怜相！一个个给搜了，搜了……直等到那个东西到了手，也就给放过去了。

儿子呢，就是这么着，有钱了。

儿子回了家，听到妈妈说，感谢叔叔乔二爷那一份情分，便也给他几十吊钱，叫他买一辆骡车，上城下乡干买卖。自己整天和地方上无赖混。到后头，又和驻兵老爷们厮混上了。

驻兵老爷们也知道这小伙子，阔绰得有点来路不明。但有的是酒和肉，过好日子。吃的口甘，叫的嘴滑。连那连长老爷也给他叫起乔少爷来了。于是一村子里人，也都给他娘叫乔老太太，对他叔叔，也不再叫乔二，叫作乔二爷了。

可是没钱时，日子是挨，有钱时，日子是飞。一个年头过去了，乔少爷手头又干了。为想过好日子，还得干第二票"卖买"。村里人，虽然没有眼红，但也没有指他鼻子论量他。说些不尴不尬话。总觉得这年头儿，像乔少爷那么干，也是一路数。明知他，到了这个光景了，乔少爷是少不得再来这一手，但也没人劝阻他，警告他的。总怪自己胆子过分小，活该受鞭打，活该饿，活该死，别无话说。

　　乔少爷第二票买卖还不曾动手干。四川那边的匪军，竟而大打特打地打过来了。永寿县也给占领了。那县老爷，那局长老爷，都逃之夭夭，也逃起"慌"来了。但逃慌和逃荒毕竟不同，逃不多远，一到监军镇，看看匪军是不会再赶过来了，便又摆起一张台子，端上两把椅子，重复办起公来了。

　　公是不得不办的。匪军虽然强，老百姓可软弱啦！不办公，哪得老百姓来敬。但毕竟世风日下，世道不古的时候，乡下老百姓都眼巴巴的，想来一回趁火打劫，求一个活路。再说"盗亦有道"，咱们装疯子圣人也说过，这些盗道理，一攒入怀有思乱之心的人耳里，就有不少的人着迷投了过去。

　　乔少爷呢，正是这路货，到此时自然心里有些横，也想在村上哄动哄动。而这些村里头丘八大爷呢，威风是十足，心里却也是苦的。饷已经三年零六个月不发了，听说连长还把太太那首饰也当光了，在家里开烟馆子，请那王乡绅和下乡的什么局长老爷之类，打麻将，抽头。有时，还要贴出一个太太来陪客，加上一口胭脂和笑脸。往常跟乔少爷谈的对劲，也各自叹起苦来。到后来连长老爷竟也想看一看乔少爷的榜样，来这一路数。妈拉巴子的，别忸忸怩怩，摆官架子，立名目，弄捐税，还不是大家借光，弄不到多少？

乔少爷看得准，一听到永寿县，陷了城，就立刻向连长献计，叫他动起来。"弄水混，有鱼捉"，这不是句顶有道理的老话头？谁该死，谁该活，命里都有注定。寻死的，还得活；要活的，还是死。我爸爸就是个好例子。

动起来，动起来！连长有点心动。刚巧上峰有命令，调他去打那匪军。可是一开到监军镇，对峙了些时，不知怎么兵士们竟掉过枪来，反把监军镇上的老爷们打得个落花流水……

而响应的人，竟也越聚越多了，乔小喜子，不用说，也混着干。

城防司令，团长老爷动了怒。督军老爷发了狠，一翻身，从烟铺子上跳起。一汽车一汽车运来四方八面兵，把永寿县匪军，又赶回四川去。乔少爷村上那二连变兵自然也跟了去。乔少爷半路上给抓回来，一共有六七十个人。

"难为你们一向是种田的良民，不来怎么追究你们。"省长老爷真有那付佛面佛心肠，给他们打上两百板屁股，解到法院去，判了十年八年不等的监禁……

"儿呀！儿呀！"一直哭到现在——从月亮圆，哭到月亮瘦，月亮弯，月亮像鹅毛，月亮没有。再从月亮没有，哭到月亮像鹅毛，月亮半圆，月亮圆。夜夜这么哭。现在，差不多一到夜里，两只眼睛，再也看不到月亮了。而儿子竟得大赦回来，这是梦呢，还是真的？要是真的不是梦，那么，说不定自己老头儿还会从坟里爬出来，三口儿大家会会面，谈谈苦衷，团聚啦！

乔老太坐在床上好半天。乔二爷从门外进来。

"哦！嫂子，你竟给小喜子床也铺定了。"咬着烟斗，施施然说，"何必这么急急呢！就是明儿来了，还不是可以和小三子一道儿睡去。"

"是的，是的，"乔老太花着眼儿，笑，皱瘪的脸上，捺下老深的两条笑痕，"我没有想到这个。因为我们娘儿俩，有两年多不曾见面啦！也得谈一夜半夜。所以也就将就些把这两块板儿铺上啦。"

"那也好。"乔二爷一屁股坐在板上，无声地喷着烟，心里又想到那个追粮的啦。

说也奇怪，现在老爷们竟越弄越多了。有子个县老爷，还有个追捕老爷。听说这追捕老爷，权力真大啦！天那么大！随地可以调动驻兵捉人。自己的田地，合上乔大爷家的一年便得百来元钱出。田地上所有的出业，仅能偿这一份钱粮。尚幸小喜子不错，给他买上一辆骡车，晴晴雨雨有个空儿，也得赶赶车，混一口饭吃。可是今年春上，说这骡车也得捐几十吊钱啦。最初是驻兵老爷们几个耳光。（是啦，现在驻兵老爷，不比那时候。对乔二爷更不客气啦！这也是小喜子造下的业。）迫得你不得不缴上几吊钱孝敬他们。下年来，却又归包办烟酒税的王乡绅经手了。还是昨天晚上，自己刚好卸下骡子，在骡棚里。就遭王乡绅的管家一脚腿，说是有意赖他这份税。今天晚上，追捕老爷要来了，还得过去说话去。虽则侄子明儿是可以回乡，有这一份欢喜。但也有这一份忧愁在心头，所以乔二爷一想起呆住了。

尽呆着吸烟，喷烟，老半晌没说话。引得乔老太却怀疑起来了。说不定，二叔是在骗自己了，叫自己一个假高兴。禁不住也就动问了。

"二叔那可是确实的吗？小喜子，那小喜子，明天真的可以放监了吗？"

"确实的。自然是确实的。"乔二爷回过心来说，"那还会错？咱是客栈主人说的，客栈主人是牢禁卒说的。牢禁卒是梁督军说的。梁督军就是咱们皇帝。要咱们活就活，要咱们死就死。那还会是假的不成？"

"那么二叔怎么刚才尽这么老是呆着不说话呢。"乔老太年老了，心倒是细的。这一问，使乔二爷苦笑了。

"哦哦！咱刚才想起了今晚——今晚那个追捕老爷要来了，又是这一套，逃不得，活不了。抛不得，滚不了，那一套。……"说着立了起来，觉得今天似乎不应该让乔老太来分他的忧，他就含着旱烟管儿，叽叽咕咕念着走出去。……

乔老太觉得这一下半天，真不容易打发，而且还要开着眼挨过一整夜。于是想起阿弥陀佛来，合着手，念着念着。成千成万遍后，口也念滑了。一份心又分到儿子身上去。

这晚上，还是睡不着觉。一到第二天，竟连半个馍馍也吃不下了。

第二天，太阳又送下山，好容易望到侄子小三子回家了。一骡车空气，没有半个别的东西。但乔老太，还以为儿子总在路上蹩着回来。关得弱了，身累，脚软赶不上路。

乔二爷，乔老太，乔二太，都在着。聚在淡黄的油灯光下。小三子述说那迎接的经过。

"咱昨天就跟栈主人相商，设法放监时，能引喜哥到咱那里来。或者让咱去接他。

"多谢栈主人好，又到烟馆子去找那禁卒。论日子，知道那个禁卒，是日班，夜里必定上烟馆子。果然五点钟，那禁卒来了。栈主人说明了这个意思，那禁卒笑了。

"'事情可又转变啦。'那禁卒说。

"'怎么呢？'栈主人有付好良心，也代咱们着了慌。

"'事情是这样的，'那禁卒跟栈主人说，'就是今天上午。那个秘书长，梁督军的秘书长。说这个办法，可不行。咱们中国别的事情可马虎，司法可是独立的。那些罪犯，都是经过法院审理判决的。不能任意发落。放是放不了的。'那么这么偌大的一笔开支，要从我腰包里挪出去，我可不承认，叫推事先生们自己去养那些鸟王八吧！''唉，老爷不是那么说的。法子总得想。'秘书长真是一肚子文理。想得出好方法。'你可有什么鸟法子？'梁督军虽然平日相信那秘书长，但那秘书长不为他腰包打算，也就有点恼。最后，两个相商个折衷办法。还是把那囚名簿调上去，梁督军就在那判十年十五年八九年徒刑的囚人名字上，都打上个红圈儿，但也有漏圈的，说要把这些一批该杀坏，挨月挨日，先打发了。

法院倘来问，推作病故，就行啦。……"

"那么……"乔二爷和乔老太都脸对着脸儿，"那么"不下去了。

"栈主人立刻就向那禁卒讨问喜哥的下落，"小三子还是说下去，"真多情，那禁卒也卖了个人情，允许把喜哥打听一下，问明了名字，去看看他那名字上，有没有加红圈儿。预备今天中上，好坏来做个回信。果然，到了中上那信送来了。刚巧栈主人出外去啦。我又驾好骡车，要赶回家。便接了这封信，也没请先生们读一读，放在裆裆里，赶路。我想，喜哥儿要出来，怕也有些日子了，所以也不老在那城里等……"

"那么还要等过八九年才能见面啦！"乔老太颤着声音问。

"八九年。……你那封信呢，让我来看看看。"乔二爷虎下脸来说。好像小喜子这次没得放监，全是儿子作的怪。

小三子从裆裆里挖出一团纸条儿。乔二像拿过来念：

"潼西老板，多承你，昨天，又扰了你管烟。

"那个小喜子犯人，已经打听明白了，那个名字上，圈了个偌大的红圈儿，是第一批放监的。……"

"放监呵！……"乔老太叫了起来。"人在哪里呢？……"

"就是在今天上午六点钟，"乔二爷还是读下去，"在南门外执行枪决了……"

这么着，一屋子天地，全个塌了下去！